書下ろし

穢《え》王《おう》

討魔戦記④

芝村涼也

祥伝社文庫

目次

序

一

目醒《めざ》めたとき、いまだ一年ほどしか経ってはいなかった。いつもならば、一度眠りについた後、七、八年は夢の世界を揺蕩《たゆた》うはずなのに。

そう、この一年の間、穢王《えおう》はずっと夢を見続けていた。これから先、まだまだ続いていく夢の、ただの取っ掛かりに過ぎないはずの部分を。

夢の中ではまず、我が幼い子らが他愛《たわい》のないお悪戯《いた》をしていた。子供らしい可《か》愛《わい》げに満ちた、見ていて思わず笑みを浮かべてしまいそうになるほど邪気のない遊びである。

その無邪気な子らの遊びを、邪魔立てする者が現れた。

己の見る夢の中で傍観者の立場にある穢王は、わずかながら眉間《みけん》に皺《しわ》を寄せる。

しかし、愁眉《しゅうび》はすぐに開かれた。幼き子らとはいえ、我が血を分けた分身である。そうやすやすと、慮外《りょがい》な者らに危害を加えられるようなことはない。実際子らは、邪魔立てをしてきた者らにお仕置《しお》きをしてやるほどの心根の強さを見せた。夢見る穢王は、己の子らに頼もしさすら感じながら満ち足りた気分を味わっていた。

が、邪魔立ては最初に現れた者らだけではなかった。さらに新たな者らが登場し、子らの邪魔をするばかりでなく、あろうことか罪なき幼い子らを狩り立て始めたのだ。

無力な子らは悲鳴を上げ逃げ惑《まど》うばかりで、何の抵抗をすることもできなかった。一人ずつ斬り刻まれ、突き刺され、引き裂かれていく。

――何ということを。

歯嚙《はが》みしながらも、夢の中にある穢王には己の大切な子らに何をしてやることもできなかった。

やがて、夢は別の場面に転じた。

今度は、無残にも殺された幼き子らよりも年嵩《としかさ》の、やはり己の子らが出てきた。年上だけあって、最初の子らのような無思慮なまねはしない。しかも、己の子らを喪《うしな》った母親が、今度の子らにはしっかりと寄り添っていた。

——慎重に。誰にも気づかれることなく。

そのやり方は周到で、穢王からしても感心させられるほどのものだった。

にもかかわらず、やはりあの邪魔立てをする者らが現れた。しかもこたびは、単に邪魔をするだけでなく、己の子らを害そうとする意志をはっきりと示している。

夢見る穢王は、邪魔立てに現れた者らを侮蔑《ぶべつ》の目で眺め、嗤《わら》った。

——幼き子らにも容易に手をつけかねたそなたらでは、より年上の我が子らに掠《かす》り傷《きず》一つ負わせられまい。

しかし、穢王の予測は裏切られた。こたび現れたのは、幼き子らの前に姿を見せたのと全く同じ者たちであるはずなのに、ほんの数カ月の間に格段の力を付けたようだった。

——！

我が子の一人が、現れた者らによって斃《たお》された。

穢王は、己の喉《のど》から漏れ出ようとする悲歎《ひたん》を無理矢理呑《の》み込みながら、その後の推移を見守る。

現れた者らは、確かに以前よりも強くなっていた。それでも、母親の助勢を受けた子らは懸命に立ち向かう。

――情勢は、五分と五分。

両者のせめぎ合いは、均衡《きんこう》が保たれているように見えた。しかし、それは現状についてのみ言えることだ。

――このまま押し続ければ、やがて相手は力尽き、我が子らが勝ちを制しよう。

夢の中で全体を俯瞰《ふかん》する穢王の目には、結果は明らかだった。知らぬ間に入っていた肩の力を抜く。

そこで、再び変事が起こった。

――？

予想外の展開に、ただ愕然《がくぜん》とするしかなかった。再び、邪魔立てする者らに加勢が参じたのだ。こたび現れた加勢は前回とは違った者らであったが、その力はやはり圧倒的だった。

残る子らも、加勢に現れた者らの手で次々に仕留められていった。子らの母親がかろうじて逃げ出せたことだけが、穢王にとっての救いであった。

しかし、前回の幼き子らに引き続いて、またも我が子の命が奪われた。

――我が妹《いも》（妻、恋人）は、いったい何をしておる。かような暴虐《ぼうぎやく》を、ただ座視しておるつもりか。

次の夢の転換は、己の憤慨《ふんがい》がそのまま舞台に反映されたかのように行われた。すでに一本立ちをしていた最も年長の我が子らが、母親の呼集《こしゆう》に応じ馳《は》せ参《さん》じてきたのであった。

年長の子らは、焼失後建て直しの途中で遺棄《いき》された寺に罠《わな》を張った。再建を断念させたことからして、年長の子らの企《くわだ》ての一部であった。

そう、こたびは他のことをやっているところへ邪魔立てを受けるのではなく、邪魔をしに来る者らを予期して待ち受け、逆に殲滅《せんめつ》してやるつもりであったのだ。

企ては、上手《うま》くいったように思えた。こちらの張った罠に、相手はまんまと掛かってきた。

しかしながら、どうやら相手のほうが一枚上手《うわて》であったようだ。こたび邪魔立てにやってきたのは、先の二度とも冒頭で姿を現した連中ではなく、二度目に皆殺しにされた子らへ、手を下した者たちだった。

たとえそうであっても、勝てるだけの策が施されていたはずだった。が、こちらの支度《したく》は全く役に立つことがないままに、待ち伏せを受けたはずの敵に一方的にやられてしまった。

悪いことはそればかりではない。愛《いと》しい我が妹までが、三度目の闘い――罠を仕掛けたはずの戦闘の場から逃げ出す際に、浅からぬ傷を負ってしまった。どうやら敵はこちらの策に気づいていた様子で、逃げださんとしたところを待ち受けられていたようなのだ。

そしてこたびも、我が子らはただの一人すら生き残ることができなかった。

夢見る穢王は、己では手を出すこともできぬままに、深い喪失感《そうしつかん》を味わっていた。

――我が血を受け継ぐべき子が、当座は一人もいなくなった。

眠りながら、穢王は深く念じた。

――新たなる我が子らよ、生まれ栄えよ。そなたらを皆殺しにせんと敵が襲い来《きた》るなれば、襲い来たる敵にも殺しきれぬほど数を増せ。そなたらを殺し疲れ、手にする刃が役に立たなくなったとて、いまだ地に満つほどに兄弟へ血を分かて。

夢見る穢王の祈りは通じた。もともとが五つ子や七つ子で生まれるはずだった子らは、人の形をとる前に、母親の胎内《たいない》で二つに、四つに、八つにと際限なく分裂を始め、己《おの》が分身を増やしていった。

――これなれば、我が血筋は安泰《あんたい》。

穢王が夢の中で深い安堵《あんど》を覚えていられたのは、しかしながらほんのいっときのことに過ぎなかった。

己の種を宿した母親を使嗾《しそう》する者が現れたのだ。

――そのような話に乗ってはならぬ。腹の子を第一に考えよ。

穢王が懸命に発した心の声が、愛しい妹に届くことはなかった。これまで、自身が産んだ子の全てを殺された母親は、己の中で燃えさかる復讐心《ふくしゆうしん》を、どうしても抑えることができなかった。

自身を使嗾してきた者の教えに導かれるように、己らの子の前に立ち塞《ふさ》がった者たちに挑み掛かったのだ。

眠り続ける者が見る夢の中では、急に暗転するような展開なら、予想もせぬ出来事が立て続けに起こるのに、最初からよくないことが起こるのではないかと不安に思うことは、なぜかそのまま現実化してしまうようだった。

己の産んだ子を全て殺された母親が立ち向かった相手は、死んだ子らとともに闘っても勝つことができなかった者たちだ。そんな強敵を相手に、復讐心に燃える母親は対等な闘いを繰り広げた。

しかし、やはり敵には加勢が存在した。たった一人の女に対して、向こうは己の子を全滅させた手勢をそのままぶつけてきた。

いかに母親が恨み心を募《つの》らせていても、かほどの敵勢を前にして勝てるわけがない。

母親は敵に縛られて身動きを封じられ、斬り刻まれた。

——ここまでか。

夢の中の穢王は、己が全ての類縁を喪うことを覚悟した。しかし、奇跡は起こった。

母とともに冥界《めいかい》へ墜《お》ちていくはずの腹の中の子らが、死を前にして、己を産むはずだった母親の意を受けて敵に向かっていったのだ。

それは、夢を見る穢王にすら考えられなかったような美しい光景であった。

空一面を、間もなく生まれるはずだった子らの魂《たましい》が覆《おお》い尽くしていた。あれほど強力だった敵が、空を埋め尽くす子らには手も足も出ない。そして子らは、この世に生まれた兄たちを一人残らず殺した者どもへ、容赦《ようしゃ》のない鉄鎚《てっつい》を下していった。

――勝てる！　形勢は逆転した。

穢王は、歓喜に打ち震えた。

まだ甦れることなく生き延びている敵は、母親と生まれ出《い》づることのできなかった子らにとって、取るに足らぬほど力の劣る存在だ。あと数瞬もせぬうちに、全て滅《ほろ》ぼせるであろう。

目の前の敵を全滅させた後も、生まれ出づることなくこの世に顕《あらわ》れた子らがそのまま生き続けられるかは不明だった。

――だが、もしこの子らが儚《はかな》くなったとて、我は我が妹と新たな命を育《はぐく》むことができる。

我が妹は確かに手ひどく斬られはしたが、あれしきのことで命を落とすほどひ弱ではない。次に我が目覚めるときまでには、必ずや子を産める体を取り戻しているはずだった。

——そのときこそは。

敵は、大きく減らした戦力を回復するまでに至ってはいまい。一方の我と我が妹は、多くの血筋を残す術《すべ》を手に入れた。

——勝てる。じっくりと腰を据えて機を待ちさえすれば、我らに敵対する存在を一気に殲滅できるときが、必ずや訪れる。

確信をもって、そう断言できた。

——今は、我が愛しき妹とその子らの御霊《みたま》が、残る敵の全てを屠《ほふ》るところを見守るのみ。

己の子を皆殺しにした敵の、全てを平らげるところまではいかずとも、目の前の相手を皆鏖せば、我が妹の気も鎮《しず》まるであろう。

——なれば我が妹も、次に我が目醒めるまで体を休め傷の養生《ようじょう》に努める気になるはず。

夢見る穢王は、その夢が己に見せる視座《しざ》にあって、愛しい妹と生まれずに終わった子らが最後の仕上げをするところを、余裕の目で見つめた。

しかし、その後に展開されたのは、またも想像だにせぬ成り行きだった。

抗《あらが》う術を失い、生まれ出づることのなかった我が子らに囲まれた者どもが、その子らの手に掛からんとしたとき——連中の中でもひときわ非力な子供が土笛を口にした。

ポウ、ポウ、ポウ。ポウ、ポウ、ポウ。

のんびりとした笛の音《ね》が、凄惨《せいさん》な闘いの場に響き渡る。すでに闘いの結末を見通している穢王は、その朴訥《ぼくとつ》とした音色に一種のおかしみすら感じていた。

が、異変は突如《とつじょ》として起こった。空一面を埋め尽くし、己らに敵対する者たちを今こそ殲滅せんとしていた我が子らの魂魄《こんぱく》が不意に力を失い、全て地に落ちて常世《とこよ》の闇へと消え去ってしまったのだった。

——いったい何が……。

穢王は、己の夢の中で何が起こったのか判らずに、恐慌《きょうこう》を来しかけていた。

子らを四たび喪うことになった母親、愛しき我が妹は、筆舌に尽くしがたい怒りと悲しみに襲われたはずだ。

我を忘れて敵に立ち向かおうとした我が妹は、すでに倒したはずの敵の一人が最後に振り絞った力による一撃で斃された。

それが、眠れる穢王がこたび見た夢の最後の部分だった。

二

そうして、穢王は本来あるべき長さよりも、遥かに短い眠りから目醒めることになった。

目を開いてすら、周囲は全《まった》き闇に閉ざされている。常人の目では、どこに何があるかどころか、果たして己が立っているのか横たわっているのか、はたまた水に浮かんでいるのかといったことすら判らぬほどに真っ暗な場所であった。

眠りから醒めた穢王は、つい今し方まで己が見ていた夢を思い出す。

――小僧の笛の音か。

なぜあのようなことが起きたのか、いくら繰り返し考えても、他に理由らしきものは思いつかなかった。

――しかし、小僧にかような力があったなれば、なぜにあれほどの窮地《きゅうち》に陥《おちい》るまで使わなんだ……。

それは、我が愛しき妹が斃されたあの闘いのことばかりではない。生まれた中で一番幼い我が子らが殺されたときも、その次に、より大きな我が子らの前に邪魔立てとして現れたときも、己らが負けんとする寸前までいってさえ、小僧はあの驚異的な力を発揮しようとはしなかった。

——前の二度と、こたびとの違いは何だ。

目醒めた穢王は、深く考える。

——土笛か。

穢王は、己の見ていた夢をなぞり返す。確かに、最後の闘い以前には、小僧は土笛を持ってはいなかったように思えた。

追求を終えるつもりになった穢王であったが、ふと己の結論に違和を覚えた。その原因は、何か……。

己の心の内を深く探り始めた穢王は、潜在意識下に追いやられていた夢の欠片《かけら》まで思い出そうとした。

生き物の見る夢は、もともと意味も脈絡《みゃくらく》もない断片的な場面の寄せ集めであり、我々は、目醒めようとするときにその断片を脳内で組み合わせ、整合性に欠けていながらも何らかの筋のある話に仕立て上げているという。目醒めた穢王がやったのは、その組み合わせの際に捨てられた夢の欠片を再度拾い上げることだった。

一つ一つ、己の見た夢の断片を脳裏《のうり》に浮かび上がらせていく――すると、己とも己の愛しい妹や我が子らとも全く関わりのない場面が思い起こされてきた。

――これは、奥州《おうしゅう》。山の中の、名も無き村。訪れたのは、あの邪魔立てに入った小僧を含む一行か。

僧侶《そうりょ》と小僧、それに若い男女の四人連れが、穢王の見た夢の中で、江戸より遥か遠くの地である奥州の僻村《へきそん》へ姿を現した。ここでも、連中は己らと関わりのないはずの相手を邪魔立てしているようだった。

――しかし、我とは無縁のこのような場面が、なぜに我が夢に……。

考えつつも、その夢の先を求めて断片を探し続ける。

人里離れた奥州の村でも他人の邪魔を謀《はか》った一行だったが、やはりその技は拙《つたな》く窮地に陥った。しかし、穢王の驚きは別のところにある。

――かほどの状況を生き延びて、江戸に戻ってきたと？

事態は、すぐに明らかになった。やはり、あの小僧がきっかけだった。

――声？　しかし土笛がなくとも、声だけでかほどのことができるのならば、やはり我が妹と闘うた場面での出し惜しみは不可解……。

穢王は、じっと己の見た夢を繰り返しなぞった。ふと、一つの考えが閃《ひらめ》く。

――童女《どうじょ》か。他の場面では存在せず、我が妹と闘うたときと奥州の村にだけ居たのは、あの童女のみ。すると、小僧と童女の組み合わせが、あの力を発揮させる源《みなもと》なのか……。

目醒めた穢王の脳裏には、奥州の村で童女が小僧らの一行の前に姿を現す以前の有りようまでが思い起こされていた。

――あの童女は、神主《かんぬし》が仲間を増やすのに必要とされたため、お宮の奥深くに閉じ込められていた……すると、奥州では地を覆《くつがえ》し、我が妹が産み落とせなんだ魂魄を冥府《めいふ》へ返したのは、もともとは小僧の力。しかし、小僧単独ではあそこまでの力は発揮できなんだゆえ、それ以外の場所では危急の際にも手をつけかねていた。

穢王の目が怪しい光を帯びる。

――なれば、使い道はあろうか……。

目醒めた穢王が身じろぎした。心よりも遅れて、ようやく体が覚醒《かくせい》してきたようだった。

と、思いも掛けぬほど近くから、不意に声が掛かる。

「お目醒めにござるか」

眠りから醒める前より穢王のそばに、じっと控えていた従者だった。

〈扈従《こじゅう》よ、来ておったか〉

穢王が、声にならぬ声で従者に問うた。主《あるじ》が七、八年に亘《わた》る眠りに就《つ》いた以上、ここには居《お》らぬはずだったからだ。

「変事が起きましたゆえ。長臣《おさおみ》も、若臣《わかおみ》も、すでに控えておりまする」

従者は、淡々と応じた。

〈そなたも気づいておったか〉

「主が目蓋《まぶた》を閉じておられる間の代わりの目こそ、我が役目にござりますれば」

今やはっきりと目醒めた穢王が頷《うなず》く。

「で、どうなさる」

従者が問うた。

穢王は、きっぱりと応じた。

〈決まっておろうが。そのためにこそ、我はかくも早くに目を醒ましたのであるからの〉

——我が兄《せ》（夫、恋人）よ。我が仇《かたき》を。そして何よりも、我らが子ら全ての仇を！

目醒めを促した、声にならぬ我が妹の切なる声は、はっきりと耳に残っていた。

第一章　新生余《よ》の小組《こぐみ》

一

千代田《ちよだ》のお城（江戸城）より遥か南西《ひつじさる》の方角、白金《しろかね》を過ぎ目黒川《めぐろがわ》を渡れば、すでにもう御府外《ごふがい》だ。周囲は野菜作りの畑や筍《たけのこ》を掘るための竹林が広がっている百姓地で、田畑で草むしりをするような者を除けば、ろくに人の姿も見掛けぬような場所になる。

そんな静かな場所であっても、詣《もう》でる人の絶えぬ寺院が存在した。江戸三不動《さんふどう》の一つとされる、目黒不動尊《ふどうそん》だ。

毎月の八日が縁日で出見世《でみせ》の屋台が立ち並び、これより前の五日には、江戸の三富と呼ばれて名高い富突き（富くじ）の札を突く日として賑《にぎ》わった。

さらに一月、五月、九月の二十八日は不動参《ふどうまい》りと呼ばれる祭礼の日で、前日の二十七日の夜ともなると、寺内の滝壺《たきつぼ》で身を清め、お堂に籠《こ》もろうと信心者が多数やってくる。五月も二十日を過ぎたこのころには、もう多くの参拝の客が見られるようになっていた。

境内《けいだい》が賑わえば、参拝客を相手にする土産物《みやげもの》屋や茶屋なども活気づく。御祭礼を前にして、すでに見世開きをした気の早い屋台の出見世などもちらほらと目についた。

不動明王《みょうおう》や大日如来《だいにちにょらい》を祀《まつ》る目黒不動尊（滝泉寺《りゅうせんじ》）は、小山の上に位置する本堂を中心に、五十を超える伽藍《がらん》からなっている大きな寺だ。そのいちいちを参拝し、あるいは見物して回るだけでも、ちょっとした一日仕事だった。

そんな参詣や遊山《ゆさん》の客の間を、のんびりと歩く一人の若い男がいた。周囲には、男の仲間らしき者の姿は見掛けられない。

身なりからして職人か何かを生業《なりわい》とする町人のようだが、辺りを物珍しげに覗《のぞ》きつつも、いくつもあるお堂にはあまり熱心に手を合わせる姿を見せないところからすると、信心のためはるばるここまでやってきたというわけではなさそうだ。

江戸の町中ならばまだしも、誰に誘われたわけでもなくこんなところまで独りやってきたのだとすると、よっぽどの物好きか暇人《ひまじん》だろうと思われた。

お不動様の正門にあたる仁王門《におうもん》の周辺には、十軒ほどの茶見世が軒を並べている。参詣人が絶えない寺社だけあって、いずれの茶屋もそれなりに見映《みば》えのする茶汲《ちゃく》み女《おんな》を雇っているようだ。

寺院の中をざっと見て回った若い男は、お不動様を後にして別の場所へ向かうのかと思いきや、門前の茶見世が建ち並ぶ通りの前で足取りを緩《ゆる》めた。

見世の中の様子――とりわけ茶汲み女の立ち居振る舞いに関心を向けているようだが、かといってどこかの見世へ入るわけでもない。己が勤める見世の前を行き過ぎようとする男に気づいて声を掛け、中へ呼び入れようとする女も少なからずいるのに、笑顔を返すだけで歩み寄ろうともしなかった。

――なんだ、文無しの素見《ひやかし》かい。

茶汲み女たちは心の中で悪態をつくものの、表情には出さない。せっかく見世に入ってくれた客に不快な思いをさせることなく、あわよくば「またのお越し」を願っているからだった。金になりそうにない素寒貧《すかんぴん》のことは、すぐに忘れた。

建ち並ぶ見世の中を外からひと渡り眺めつつ通り過ぎた若い男は、茶見世が途切れたところで道を返し、また同じように覗き込みつつ歩いていく。

二度目までは愛想笑《あいそわら》いを浮かべた女たちも、三度目ともなると誰も男に関心を向けなくなった。それでも連れのいない若い男は、全く気にする素振りもなく前にやったのと同じように茶見世の中へ視線を巡らしながら歩く。

茶屋の並びがいったん途切れ、土産物屋や菓子屋などに見世の看板が変わったところで、その男の足が止まった。男の前に、道を塞ぐように出てきた人物がいたからだ。

困惑《こんわく》げに、男が相手を見やる。己の前に立ってこちらを見つめているのは、男よりもまだずっと若い娘だった。
十五、六かとも思える娘は、恥ずかしがるような様子もなく真っ直ぐ男を見上げている。その顔には全く臆《おく》したところのない、かといって肩に力が入っているでもない、ごく自然な笑みが浮かんでいた。
年ごろらしい初々《ういうい》しい色気とともに、無邪気な明るさを発散している。その笑みには、客寄せのためできるだけ美形を集めたはずの茶屋の茶汲み女たちが、皆色褪《いろあ》せてしまうほどに相手を惹《ひ》きつける力がありそうだった。

「な、何だい急に」

戸惑った若い男は、相手をしっかり確かめる前に口を開いた。人付き合いがあまり得意ではない、気の弱い男なのかもしれない。

娘のほうは、若い男の気後《きおく》れした様子を気にすることなく、キラキラした瞳《ひとみ》で相手を見つめ続ける。

「お兄さん、暇そうね」

若い男は娘から視線を逸《そ》らし、返事にもならないただの唸《うな》り声を喉の奥から発した。応対の言葉に窮《きゅう》したのだろう。

娘は構わずに自分の言いたいことを口にする。

「なら、あたしに付き合ってくれない？」

「え？」

「どうせ暇なんでしょ。なら、一緒に遊びに行こ」

「……どこへ？」

男の気後れしたような態度は、娘を落胆させたとしても当然のものだった。しかし、娘に気を変えるような様子は見られない。

「いいとこ――ね、行きましょ」

「おいらぁ、そんなに持ち合わせはねえよ」

それでもまだ躊躇《ためら》いを口にする若い男の腕を、娘が取る。

「別に、何か奢《おご》ってほしいなんて思ってないから」

取った腕を胸に抱えて男を見上げた。その目が、ほんの一瞬、黄金色《こがねいろ》――人の目ではあり得ぬ色に光ったようだった。

すると、急に見も知らぬ娘に声を掛けられ強張《こわば》っていた男の肩から力が抜けた。

「……ああ」

声からも余分な力が――というよりもあるいは意志が、抜けていた。

「じゃあ、行こ」

ニッコリ笑った娘が胸に抱えたままの腕を引くと、若い男は素直に応じて足を進め始めた。

滝泉寺の門前は下目黒町《しもめぐろまち》という町家になっているが、古町《こちょう》と呼ばれる江戸初期からの町並みと較べれば建物の建てられ方は疎《まば》らであり、その分、敷地はゆったりと取られている。通る者も少ない閑散《かんさん》とした道を、若い男は出会ったばかりの娘に手を引かれて歩いていく。

「どこまで行くんだい」

自分を引っ張る娘の背に問うと、顔だけ振り向いた娘から短い答えが返ってくる。

「いいとこ」

「いいとこって……」

「すぐそこだから」

また振り向いて笑いかけられると、さらなる問いを発することができなくなった。

下目黒町の界隈《かいわい》には、滝泉寺以外にもいくつかの寺や神社が存在している。娘が若い男を引っ張っていったのは、そんな寺社の中でも小さくて古い、人気《ひとけ》のない境内だった。

「ここは……」

本堂の裏手まで連れられてようやく手を離された男が、周囲を見回しながら戸惑いを口にする。

周囲には、木々が鬱蒼《うっそう》と生い茂っていた。自分らの歩いてきた距離から考えるに、すぐそばには町家があっておかしくはないはずなのだが、そんな気配は全く感じられない。

まるで、深い山の一画を切り拓《ひら》いて造られた寺社地へ、天狗《てんぐ》に攫《さら》われて空の上から突然放り込まれたようだ。

「どこだっていいじゃない」

若い男の袖《そで》から手を離した娘は一歩身を引くかと思えたが、逆に体を近寄せてきた。

「それより、ねえ」

若男の胸元から見上げて囁《ささや》く。

「な、なんだい」

「いいことしましょ」

娘は、目の前の男の瞳をじっと見据えた。

男を見る娘の目には、あの黄金色の光がある。こたびの輝きは一瞬で消えることなく、爛々《らんらん》と光を発し続けていた。

「……ああ」

若い男は、意志を失ったような声で応《こた》えた。相手の瞳に吸い寄せられてしまったのか、もう目が離せなくなっている。

娘は両腕を男の首に回すと、その腕に力を入れ、自分のほうへと顔を近づけさせた。男は、娘のなすがままだ。

男の顔のすぐ前に、自分を見つめる娘の顔があった。その瞳は、これから起ることへの期待でヌラヌラと濡れているかに見える。

男の首の後ろに回した娘の手が微かに動いたが、魅入《みい》られたようになっている男はまったく気にもしていない。

男の首の後ろに回された娘の右手に、剃刀《かみそり》が現れた。娘は右手を若い男から離し、左手だけで相手の首を押さえているが、男のほうは娘の表情だけに気を取られて気づかない。

男から見つめられる娘の口角が上がり、顔に浮かべる笑みが大きくなっていった。それに合わせるように、手にした剃刀がジリジリと男の首筋に近づいていく。

娘の笑みがさらに広がり、剃刀が若い男の首から離れた。一瞬の後には、翻《ひるがえ》って首の血管《ちくだ》が断ち切られるはずだったが――。

ギン。

「あっ」

金属が強く叩かれる音と同時に娘が叫び声を上げた。その手にあったはずの剃刀は、どこかへ吹き飛ばされていた。

このところ、目黒の界隈で、若い男が突然消えるという噂《うわさ》がぽつり、ぽつりと話されるようになっていた。実際に行方知れず《ゆきがたし》の若者を捜《さが》して歩く者がいることから生じた噂であろうが、果たして消えた者の全てに誰か捜す者がいたのかは定かでない。

もしかすると、誰も捜そうとする者がいないほど孤立する暮らしをしていた者や、あるいはどこで消えたか判明していないために捜索者が目黒まで足を延ばしていないだけで、本当はもっと多くの若い男が突然姿を消しているのかもしれなかった。

行方《ゆくえ》を捜されている若者の中には、消える直前に若い娘と二人連れでどこかへ向かったところを目撃されている者もいた。

しかし目撃したほうの人物にしても、自分の見た人物が捜されている当人で間違いないという確信はなく、また「一緒にいた」という娘もどこの誰かは全く不明であったため、いずれの探索にもそれ以上の進展は見られなかった。

今のところはまだ、「若い男が幾人かこの界隈で消えているようだ」というただの風説に過ぎず、物騒な何かが起こっているのでは、などと本気で案じている者はいない。娘に手を取られ引っ張っていかれるような若者がいても、「仲がよいことだ」と微笑《ほほえ》ましく見送られるだけだった。

それが、この日までの目黒不動近辺の有り様である。

二

自身の企てが失敗したと悟《さと》った娘は、次の瞬間には背後へ半間（一メートル弱）ばかり飛び下がっていた。痺《しび》れる右手を庇《かば》いながら、周囲を見回す。

その顔つきや態度からは、先ほどまで溢《あふ》れるほどに放たれていた色気がいっさいかなぐり捨てられている。今の娘はまるで、追い立てられて牙《きば》を剝《む》く山の中の獣《けもの》のようだった。

「残念だったねえ。もうこれで上手くいったと思ったろうけど、後ちょっとだったよねえ」

どこかから、娘を弄《いら》う若い女の声が聞こえてきた。

「グァウ」

背を丸め、姿勢を低くした娘が吠《ほ》える。娘の上げた吠え声は言葉になっていなかったが、それでも「誰だ」と問うたのは判った。

娘の誰何《すいか》に応え、若い女が一人、お堂の背後の太い櫟《くぬぎ》の木の陰から姿を現した。自分が邪魔をした娘よりは年嵩で、娘が誑《たら》し込《こ》んで連れてきた若い男より少し下か、あるいは同じほどの歳だろう。

その若い女はただフラリと現れたように見えたが、立ち姿に油断はない。何かあれば、即座に対応できるだけの心構えはできているようだった。

若い女のだらりと下げた右手には、刃渡りが指一本分ほどの細長い刃物が握られている。娘の剃刀を弾き飛ばしたのは、若い女が投げたその手裏剣《しゅりけん》のようだ。

新たに現れた若い女は、娘に連れてこられた男に厳しい目を向ける。

「健作《けんさく》、いつまでボサッとしてるんだい」

その叱声《しっせい》を隙《すき》と見なしたのか、娘が不意に若い女へと襲いかかった。

三間（約五メートル半）以上は離れているところを、人の背丈より高く跳ね上がってひと飛びで到達するかと思われたが――宙を飛んでいる途中で何かにぶつかったかのように行き足を止め、その場に落下した。

「ギャウ」

娘の口から、悲鳴とも呻《うめ》きとも取れる声が漏れる。

娘の背後から、のんびりとした声が発せられた。

「そんなになり立てねえで、ちゃんと見てほしいねえ。ほれ、こんなふうにやることはキチッとやってんだからよ」

娘に誘われた若い男だった。健作と呼ばれた男は、見えない何かを両手で引き絞るような仕草《しぐさ》をしていた。

手裏剣を手にした若い女は、冷たく返す。

「あら、そうかい。あんまり真《しん》に迫ってたから、すっかり誑《たぶら》かされちまったように見えてね」

「それだけ俺の芝居が上手かったってことだろ。桔梗《ききょう》、ちったぁ見直したかい」

胸を張った健作を、桔梗と呼ばれた若い女は鼻で嗤った。

「なに、それだけ坊さんの術が凄《すご》かったってだけのことだろ。お前は本性《ほんしょう》丸出しにして、たぁだ鼻の下を伸ばしてただけじゃないか」

自分を無視するような二人のやり取りに、桔梗を襲おうとして果たせなかった娘が怒りの吠え声を上げた。

「ガァ」

娘は、体に不自由を感じているのか、何か藻掻《もが》きながら健作を睨《にら》みつけている。己の動きを邪魔しているのが健作の仕業《しわざ》だと、理解しているからだった。

娘が自分の首の周りや腕などを盛んに掻《か》いたりさすったりしている姿は、見えない何かがまつわりついているのをはずそうとしているかのようだ。

「おおっと、気楽に話なんぞしてる場合じゃなかったな」

健作が、わずかに慌てた様子で手元の何かを操作する仕草を見せた。そう、健作は、目に見えぬほどの細さながら、怪力自慢の大男すら切ることのできぬ丈夫な糸を操《あやつ》っているのだ。

「坊さん、もうはっきりしたろ」

桔梗が声を上げると、さらに別な人物が姿を見せた。網代笠《あじろがさ》を被《かぶ》り袈裟《けさ》を身に纏《まと》った、僧侶姿の男だった。姿どおりの、天蓋《てんがい》という名の坊主である。

天蓋は、桔梗と健作の二人へ向かい、おもむろに宣した。

「ああ、鬼と見て間違いはない。芽を摘んで差し上げよ」

散らかった部屋を片付けようというのと変わらぬような、淡々とした口調だった。

「ガァ」

鬼だと判じられた娘が、今度は僧侶を威嚇《いかく》する。網代笠の陰に隠れて天蓋の表情は見えなかったが、わずかも動じた様子を態度に表すことはなかった。

「……………」

健作が、糸を操る両腕を無言で左右に開いた。すると、どういう仕掛けになっているのか、健作の糸に絡《から》め取られた娘も同じように腕を広げ始める。

娘は何とか逃れようと藻掻くのだが、どうしても抗えないようだ。

「桔梗」

己の両腕を一杯に広げた健作が、短く呼び掛けた。その声は冷徹《れいてつ》に――というよりも、無理矢理《むりやり》感情を押し殺しているように淡々と響いた。

呼び掛けられた桔梗は手裏剣を手にした右手を顔の横へと振り上げる――が、打とうとわずかに後ろへ引いたところで動きを止めた。能面のように無表情だった桔梗が唇《くちびる》を引き結ぶ。

二人の行動を見ていた天蓋も、「桔梗」と仲間の女の名を呼んだ。

桔梗は一瞬だけ目蓋を閉じるとすぐに目を開け、投擲《とうてき》の目標を再度確かめた。再び顔の横に翳《かざ》した右手を後ろへと引く。

と、予想もしていなかったところから新たな声が発せられ、動きが生じた。

「まどろっこしい。いつまでも何やってやがる」

糸に身動きを封じられた娘を含む全員の目が、声の発せられたほうへと向けられる。ガサガサと枝を搔き分ける音とともに藪《やぶ》の中から現れたのは、むさ苦しい浪人姿の三十男だった。

「米地平《べちへい》……」

桔梗が、意表を衝《つ》かれたように声を上げる。

その声に反応したわけではなかろうが、米地平と呼ばれた浪人姿の三十男は、桔梗へ顔を向けて言い放った。

「か弱い姿を装《よそお》われたら手を出せなくなるような未熟者《ねんね》はすっこんでな――俺がやる！」

ひと声宣するや、米地平はスラリと腰の刀を引き抜きながら、両腕を広げさせられ身動きの取れない娘のそばへズカズカと踏み込んでいった。

「桔梗、その物騒な物を放るんじゃねえぜ。もうお前さんの役目は俺が引き取ったからな」

米地平は言い放つと、返事を待とうともせず、手の刀を娘へ無造作に突き入れた。

白刃が、小袖《こそで》を貫《つらぬ》いて娘の胸に突き刺さっていく。

その瞬間、娘は大きく目を見開き口も開けたが、声も叫びもその喉から発せられることはなかった。

虫を殺すのと変わらぬ顔で突き入れられた刀の先端が、さらに深々と刺さって娘の背中から顔を出す。胸を貫かれた娘の瞳から光が失せた。

米地平が刀を引き抜くと、健作の糸で宙に体を固定された娘はがっくりと項垂《うなだ》れた。

健作が、娘の上体をそっと地へ下ろす。もはや娘は、ピクリとも動かなかった。

手をつけかねたまま、ことの成り行きを見ていることになった桔梗が浪人姿の三十男に嚙みついた。

「米地平、何すんだい。ここはお前なんぞの出てくる幕じゃないよ」

怒声を浴びせられた米地平だったが、まるで堪《こた》えた様子もなく、平然と己の刀の始末をしていた。睨みつけてくる桔梗を、薄ら笑いを浮かべて見返す。

「そういう言い草は、一人前の仕事ができるようになってから口にするこった。

相手が小娘の姿をしてたぐれえで、芽を摘む業《わざ》に躊躇いを生じさせるような半端者が、生意気な口を叩いてんじゃねえ」

「誰が半端者《はんぱ》だって？」

桔梗の反駁《はんばく》に、意外そうな表情を作ってみせる。

「おや、お前さんは手前《てめえ》が一人前のつもりだったかい。躊躇ってなんか、いなかったってえのか？　――じゃあなんで、俺が出てくまでその手の得物を放らねえほど、たっぷりとときを掛けた」

「それは――」

「下手な言い訳で誤魔化《ごまか》すんじゃねえぜ。狙いを定めてたとでも言いてえのか？だけどお前、あの娘が剃刀を振り上げたときゃあ、健作に当たってもおかしかねえほど近くて小《ち》っこくて、おまけに不意に動くような的へ、即座にぶち当ててみせたよな。それが、遮《さえぎ》る物もねえ、大《で》けえ的が健作の手できちっと据えられてるとこで、なんであんなにときが要《い》ったんだ？」

悔しげな顔をしている桔梗からは、返答がない。米地平は駄目を押すように言い募《つの》った。

「ついでだ、もう一つ言ってやらあ。この娘が健作の首根っこを狙った剃刀にお前さんが手裏剣ぶち当ててすっ飛ばしたときのこったがなあ、お前さん、あんな芸当ができんなら、なんで動かされてる途中の小っこい剃刀なんて難しい的を狙わずに、娘の急所へ直《じか》に当てなかった？　──あんな非力そうな娘っ子の命を己が奪うってことに、投げる寸前、ふと迷いを起こしちまったからだろうがよ」

桔梗は、唇を噛み締めたまま米地平を睨み返している。米地平は、蚊《か》に刺されたほどにも感じぬとばかりに吐き捨てた。

「そんな甘ちゃんの半端仕事に、いつまでも付き合っちゃいられねえんだ。芽を摘むと決まったら、さっさと終わらしてさっさと消える──それが、討魔衆《とうましゅう》の仕事ってもんだろうが」

米地平が突き殺した娘を静かに地に横たえた後、その娘を拘束していた糸を回収し終えた健作は、後ろからそっと桔梗の二の腕に手を置いた。

米地平は、今度はその健作のほうに非難の目を向ける。

「健作。甘《あめ》えのは、お前さんも桔梗と一緒だぜ。俺が娘に刀を突き入れたとき、娘が動いて危うく急所をはずすとこだった──ありゃあ相手が若い娘の姿をしてたからって、お前さんがいつもより糸を緩めに張ってたからだろうが。

そんなことをしてると、そのうちに思いもしねえ反撃喰《く》らって、お前ら自身が痛《いて》え目見ることになんぜ。お前らがその甘さで手前の身を滅ぼすなぁ勝手だけどよ、俺まで巻き添え喰らったんじゃ堪《たま》ったもんじゃねえからな。少なくとも俺のいるとこじゃあ、まともな仕事をしてもらわねえとな」

ようやく、桔梗が反論した。

「なら、あたしらなんぞと組もうとしなきゃいいじゃないか。こっちだって、お前なんぞがしゃしゃり出てきたのを喜んでるわけじゃないんだよ」

米地平はせせら嗤う。

「俺だって本音《ほんね》のとこじゃあ、お前らみてえな半端な連中のお守りはご免蒙《めんこうむ》りてえさ。けどよ、弐《に》の小組《こぐみ》がなくなっちまったからにゃあ、俺にも別の居場所が要るんで、我慢《がまん》して付き合ってやってるんじゃねえか」

「別に、我慢なんぞしてもらわなくって結構だけどね」

「ああ、そうかい――なら、『米地平なんぞ要らねえ』って、そこの坊さんからでもお偉い面々に申し上げてもらったらどうだい。俺だってお偉いさん方にゃあ逆らえねえからいるだけで、お偉いさん方さえ認めてくれりゃあ、喜んで出てくぜ」

米地平の言葉に、桔梗はまた沈黙するしかなかった。評議《ひょうぎ》の座《ざ》と呼ばれる自分らを統率する集団の意志に、楯突《たてつ》くことなどできようはずもない。

横合いから、健作が米地平へ言った。

「ああ、まだまだ半端者だってことは、俺らだってよく判ってるさ。けどよ、そうそう簡単に一人前になれるもんじゃねえってことも確かだろう。一生懸命やってても、ときは掛かっちまうんだ。

米地平さんよ、今後とも俺らと一緒に仕事をしてく気なら、そこんところは承知の上で、ちっと辛抱《しんぼう》してくれねえか」

米地平は、自分の辛辣《しんらつ》な言葉にも反感を示すことなく下手《したて》に出てきた健作の顔を改めて見直した。

「ああよ、半端者だってことで言やあ、俺だって人のことばっかり責められりゃしねえからな――弐の小組で俺がやってたことを知ってるお前さん方にゃあ、大口叩いたって最初っから襤褸《ぼろ》が出ちまってるからよ。まあ半端者同士、どうにか折り合っていこうかい」

この男には珍しく、己も言い分を和《やわ》らげてみせたものの、やはりそれだけでは終わらなかった。

「けどよ、甘ちゃんのまんまじゃあ、危なくって組んでられねえってのは、ただの憎まれ口でも当て擦《こす》りでもねえぜ。

それでお前ら自身が死んじまおうが、使い物にならなくなろうが知ったこっちゃねえし、お前らだって手前の失敗《しくじ》りで俺のほうにトバッチリが来たって『いい気味だ』としか思わねえかもしれねえけどよ、災難の向く先はひとつ間違えりゃ、そっちの坊さんや小僧のほうになるかもしれねえ——そこんところは、よぉく肝《きも》に銘《めい》じとくんだな」

桔梗と健作の視線が天蓋のほうへと向く。いつの間にかその横には、十三、四ほどの少年が佇《たたず》んでいた。米地平が「小僧」と呼んだ、一亮《いちすけ》だった。

天蓋が、お堂の前にいる米地平ら三人に告げる。

「さて、芽は摘み終えた。なれば、帰ろうか」

米地平と桔梗らの間で交わされたやり取りを、まるで聞いていなかったかのようなもの言いだった。

三

この日《ひ》の本《もと》には、いつのころからか鬼と呼ばれる存在が生まれるようになっていた。

鬼がどのように生ずるのか、いまだ確かなことは判っていない。ただ、ごく当たり前に思える人の中に、突如として「芽吹いた」末に鬼と化す者が存在する。

鬼となったモノは、以前に人として示していた情けや思いやりなどといった感情を失い、ただ己の欲求を満たすために行動するようになるのだった。そうした変化は、人が芽吹いて鬼となったために起こることなのか、あるいは鬼となる前から持っていた資質が、芽吹きにより箍《たが》がはずれて表面に出てきただけなのかも、今のところ定かではない。

己の目的のために、人にどのような危害が及んでも気にすることはない——いや、人の悲鳴や慟哭《どうこく》を、むしろ己の楽しみとするような鬼も少なからずいるようだった。

いずれにせよ、鬼となったモノの力は強大で、とてもただの人に対抗できるものではない。鬼は、その強大な力を、他人がどうなろうがいっさい斟酌《しんしゃく》することなく自らの恣意的《しいてき》な目的のために行使する。

そして鬼の中には、普段はごく当たり前の人々と変わらぬ様子を示し、町や村の中で目立つことなくひっそりと暮らしを送れるようなモノも多数いた。そうでない鬼は、人に見つからぬ深山《しんざん》や森の中の洞《ほら》などに隠れ潜《ひそ》み、己の高まった欲求を充足するときにだけ人々が暮らす土地に出るようだった。

それほどに強い鬼が、なぜ己の存在をあからさまにせず、正体を隠しあるいは隠れ潜もうとするのかについても、確かな答えは得られていない。

あるいは人であったころの記憶の残滓《ざんし》が、今の己の浅ましい姿を恥じる心持ちを生じさせているのか、あるいはあまりに己らの数が少ないゆえ、そして同族と連携するという考えをこれまであまり持たなかったゆえに、人が集団となって己に立ち向かってくることを本能的に怖れているということなのかもしれない。

ともかくこうした習性によって、世の中の人々に鬼の存在を知られることは、ほとんどないままにときが過ぎた。しかし、どのように上手く隠れおおせても、おぞましい欲求を充足したいという衝動を抑えきれぬ以上、鬼という存在に気づく者が少数ながら現れたことも、また当然の成り行きだった。

鬼の存在に気づいた人々の大部分は、己の目の前で起こっていることの異様さに事態を理解できぬまま、人を超越した力に圧倒されて、鬼を目撃したその場で即座に抹殺《まっさつ》されている。

それでも中には、闇に潜む鬼の存在や悪行に気づいたばかりではなく、立ち向かっていこうとする者たちも現れた。こうした者たちは集団を作り上げ、強大な鬼の力に対し、人の身でありながら真っ向から闘いを挑んだのだった。

鬼と闘うことを選んだ者たちは、自らを討魔衆と名乗った。鬼と闘う討魔衆を補佐するのは、その悪行の痕跡から鬼の存在を暴《あば》き出す、耳目衆《じもくしゅう》と呼ばれる面々だ。そして、討魔衆や耳目衆が暴走したり私利私欲のために動いたりせぬよう統制しつつ、実際の活動の可否についての判断を下す、評議の座と呼ばれる者らが二つの組織の上に置かれた。

鬼が人に隠れて己の目的を果たそうとする以上、討魔衆たちの活動も世間に知られてはならない。

この江戸において、評議の座や討魔衆、耳目衆の面々は、浅草浅草寺《あさくさせんそうじ》の僧侶や同地の奥山《おくやま》と呼ばれる行楽地で見世物を演ずる芸人などを表の顔として、鬼が見つかったときには命を懸けて闘いを挑むのだった。

評議の座や討魔衆の面々が、鬼の存在を公《おおやけ》にせぬのは世の中の混乱を防ぐためだと言われているが、あるいはあからさまにしないだけで、他にもっと重要な理由があるのかもしれない。

人々がひっそりと寝静まった深夜。浅草寺をはじめとして多くの寺社が建ち並ぶ城北《じょうほく》の地に、周囲の景色に紛《まぎ》れるようにひっそりと佇む小さな堂宇《どうう》があった。夜更《よふ》けにもかかわらずわずかな明かりを灯《とも》しただけの一室には、数人の者が集《つど》っている様子があった。片隅に一つだけ灯された小さな明かりでは判別しづらいが、全員が禿頭《とくとう》で、袈裟を纏っているようだ。

評議の座に属する面々の、これが会合の場所だった。

「……ということで、こたびは天蓋の小組が無事に芽を摘んだと申してよいと思います る」

一座に向かい、ややたどたどしく経緯の報告をしていた男が、己の役目を終えて口を閉ざした。あきらかにほっとした様子をしている。

突如罷免《ひめん》されることになった前任者の後を受けて、急遽《きゅうきょ》「取りまとめ役の補佐」という重責を担《にな》うことになった実尊《じっそん》だった。

「こたびはどうにか、危うい様《さま》を見せずに為《な》し遂《と》げたか」

中の一人が、胸を撫《な》で下ろしつつ口にした。隣の男が応ずる。

「弐の小組がなくなった今、天蓋の小組には何としてもその代わりをやり遂げてもらわねばならぬからの」

首尾よくけりがついたという報《しら》せに弛緩《しかん》しかかった場へ、冷や水を浴びせる発言が投じられた。

「偶々《たまたま》上手くいったからとて、安堵しておられる状況ではあるまい」

固太《かたぶと》りの影は、周囲の者らを睥睨《へいげい》する。見られた者らは慌てて視線を逸らし、あるいは俯《うつむ》いた。

この者の名は樊恵《はんけい》。一座の中ではだいぶ小柄なほうながら、その気になりさえすれば、ただならぬ威圧を発する男であった。

樊恵は、さらに続ける。

「こたびの芽吹きたるモノが、単に弱かったというだけ。天蓋の小組の組子らが、一本立ちするほどの力をつけたというわけではない」

樊恵の辛口な評価に、細身で白皙《はくせき》の僧が取りなしの言葉を述べる。知音《ちいん》と呼ばれる者であった。

「昨日《きのう》の今日《きょう》にございます。そうそう急に力をつけられようと言うは、いくらなんでも高望みにござりましょう」

樊恵は、反論してきた知音へ顔を向けた。

「もはや我らには、壱《いち》の小組以外には天蓋の小組しかないのだ。悠長《ゆうちょう》なことを言ってはおられぬ」

　この言葉に、知音は黙って頭を下げた。

　樊恵とて無理は承知の発言なのだ。なれば無闇《むやみ》に相手を否定するよりも、皆にこれからどうすべきかを考えてもらうほうへ話を進めねばならない。

　座の一人が、ふと思いついたことを口にする。

「そういえば、弐の小組の生き残りを天蓋のところに組み入れたそうじゃの。その効果は上がっておらぬのか」

「弐の小組で果たしていたのと同じ役割はこなせておるようにございますが」

　知音の答えは、「十分な戦力になってはいない」ことを婉曲《えんきょく》に表現したものだった。

　弐の小組の生き残りとは米地平のことだ。米地平は壊滅した弐の小組において、他の組子が斃した鬼の、止《とど》めを刺す役割を受け持っていた。

　いうなれば、決着がついてからの後始末こそ、弐の小組における米地平の仕事であった。こたびの天蓋の小組における活動でも、米地平がこれを上回る仕事をしたとは評せない。

「弐の小組の生き残りとやらは、半端者だ。元々が半端者ばかりを寄せ集めておるところへさらに半端者を加えたとて、満足な仕事ができるようになるわけではない」

吐き捨てた樊恵が知音を見る。

「それよりも、天蓋らが奥州より連れてきた小娘はどうした。こたびの芽を摘む場では、どのようであったのか」

樊恵の問いに、知音は「いいえ」と落ち着いた声で答える。

「早雪《さゆき》を伴ってはおりませなんだ――芽を摘む業のために天蓋らが出張《でば》っている間、早雪は愚僧《ぐそう》の宿坊《しゆくぼう》で面倒を見ておりました」

「なんと、連れていってもおらぬだと？　それでは、いったい何のためにお山へ行かせることなく、この地にあの小娘を残したのか」

常人では考えられぬほどに異常な力を持つ早雪を持て余した評議の座の面々は、いったんは己らの修行の地である「お山」へ早雪を隔離《かくり》するという決定を行っていた。この早雪の護送の途中を鬼が襲ってきたことによって、討魔衆弐の小組は壊滅したのである。

このとき、早雪を直接護送していた天蓋の小組も危機に瀕《ひん》したのだが、窮地に陥った際に発揮される一亮の力が早雪が持つ能力と相まって、弐の小組すら敵《かな》わなかった鬼を何とか返り討ちにすることができていた。

　弐の小組の消滅により、早雪をお山へ送るという当初の計画は破棄《はき》せざるを得なくなった。これまで弐の小組が担っていた役割を果たせるのは天蓋の小組以外にはなく、実力不足が明らかな天蓋らが破綻《はたん》することなくこれをこなしていくためには、どうしても早雪が必要だと判断されたのだ。

　討魔衆としての活動に必要不可欠であるとして残した人材を、活用しようとせずに後方に残していったというのだから、樊恵が驚き呆《あき》れるのは当然だった。

　知音が、小頭《こがしら》である天蓋の判断について理解を求める。

「確かに早雪は、天蓋の小組を強化するために加えた者ではありますが、しかしながらどうすれば早雪の力を存分に発揮させせられるかという手法は、いまだ確立されておりませせぬ。

　現状で早雪を天蓋の小組に同行させても、足手纏《あしでまと》いになるばかりでなく、下手をすると貴重な戦力となるはずの人材を、無益に喪うだけの結果となりまする」

　知音の理屈だった説明にも、樊恵は容易に得心しなかった。

「とはいえ、芽を摘む場に出さずに我らの手許に置いたままでは、いつまで経っても役に立つようにはなるまいが」

「確かに樊恵様のおっしゃるとおりにございます」

知音は相手の考えに同意した。しかし、続きがある。

「さりながら、天蓋の小組が確立しておらぬのは、早雪の扱いだけではございませぬ。それ以前に、これまで一亮が隠し持っていた能力《ちから》をどのように引き出すか——まずこの一点をいかに解決するかが先にございます。さもなくば、早雪のみ覚醒させられたとしても意味はございませぬから」

早雪は、他者の有する異様な能力を、数倍、あるいは数十倍にも増幅するような力を秘めている。おそらくは奥州の地に生まれたのであろう早雪は、まずは当地の鬼に見出《みいだ》され、鬼が己の仲間を増やすための助力をさせられていた。

今のところ、討魔衆の組子の中で、早雪による増幅が期待できるような異様な力の持ち主は一亮だけしか見つかっていない。従って、まずは一亮が、潜在的に持っている力をいついかなるときでも発揮し、自在に操れるようになることが先決だった。

さらに言えば、まだこれができていない一亮には、鬼と直接闘うだけの力はない。一亮より年下の娘である早雪も、当然のことながら同様だった。

天蓋らにとって、一亮一人に気を配りながら闘うだけでも負担なのに、そうすべき対象が二人に増えてしまっては、元々未熟を危惧《きぐ》される小組には荷が勝ちすぎることは明らかであろう。

「して、どのような手立てを考えておる。なるようになろうというような、悠長なことは言っておられぬのだぞ」

「それも、仰《おお》せのとおり。今天蓋は、どうすべきか様々に思案しておるところにござりますれば」

樊恵がさらに言い募ろうとしたところで、横合いから口が挟まれた。一座の中で、図抜けて上背のある僧侶であった。

「樊恵の憂慮《ゆうりよ》も判るが、ただ煽《あお》り立てただけではどうにもなるまい——天蓋らにしても、一亮や早雪の力を高めることのみに専念できておるわけでもないしの。こたびとて、芽を摘む業をやってのけながらのこととなれば、焦《あせ》る気持ちは判るが、まだしばらくは黙って見ていてやることも必要ではないかの」

口にしたのは一座の取りまとめ役である万象《ばんしよう》だったから、さすがの樊恵も口を噤《つぐ》んだ。

知音は、理解を示してくれた取りまとめ役に頭を下げる。

「ありがとうございまする。天蓋らも、己らの力を高めるべく懸命に努めているところにござりますれば」

「しかし、そういつまでもときはないぞ」

樊恵は、釘を刺さずには済ませられないようだった。

余《よ》の小組——かつて米地平が、天蓋の小組について口にした蔑称《べっしょう》である。正規の討魔衆である壱の小組や弐の小組とは違って、オマケで設けられただけの集団だという意味だ。

さすがに、評議の座の中にこのような言い方をする者はいないが、それでも天蓋の小組はいまだ「天蓋の小組」のままであり、「新たなる弐の小組」と称されることはなかった。ここにこそ、天蓋の小組に対する現在の評価が、端的に現れているると言えるのだろう。

四

南町奉行所臨時廻《りんじまわ》り同心、小磯文吾郎《こいそぶんごろう》が勤め先である奉行所に出した養子縁組の届け出は、滞《とどこお》りなく受理された。そしてほどなく、裁可が下りた。

養子として迎え入れるのは、自分の屋敷内に建てた別棟で手習いの師匠をする浪人竪柴釜之介《たてしばかまのすけ》、通称道斎《どうさい》である。

この養子縁組には、いささか子細《しさい》がある。己の家とお役を継がせるため養子にしたことで間違いはないのだが、ものの順序として、「跡継ぎがいないゆえ養子を取ろう」と決めて適任者を探した結果ではないのだ。

小磯と家族ぐるみで付き合いのある同輩山崎平兵衛《やまさきへいべえ》の娘春香《はるか》が、たびたび小磯の妻のところを親しく訪れているうちに、いつの間にか別棟で起居する釜之介と恋仲になってしまった、というのがそもそもの発端《ほったん》だった。

しかし釜之介は浪人であり、今の手習い師匠の稼ぎでは、小磯に店賃《たなちん》（家賃）を支払うことすら満足にできていない有り様だ。他の身分でもその傾向が強いのだが、特に武家では親の決めた相手と婚姻《こんいん》を結ぶというのが当たり前の時代であるから、二人が結ばれるのを春香の父親である山崎が許すなど、このままではとうていあり得ない状況だと言えた。

そんな二人を結びつけるには——釜之介を己の跡継ぎにしてしまえというのが、小磯の考えたことだったのである。

二人が心を通わせるようになるまでの経緯《いきさつ》を密かにずっと小磯が見守っており、恋が実ったのを確かめて「最後まで応援してやろう」と決意を新たにした

――などという、人情本《にんじようぼん》(当時の恋愛娯楽小説)に出てきそうな浮《うわ》ついた話ではない。それどころか、仕事人間の小磯は妻の絹江《きぬえ》から二人のことを聞かされるまで、不覚にも己の家の中の変事には全く気づいていなかった。

そんな小磯が二人の恋仲を取り持ってやろうと思ったのは、己の妻と山崎の妻の両方が、ともに若い二人のことを応援していたと知ったからだ。

町方役人は庶民と接する機会が多く、心情的に城中の面々より町家の者に近い価値観を持つ傾向にあることが、武家のしきたりに小磯がこだわらなかった理由の一つだろう。さらにもう一つ挙げるとすれば、小磯は妻のものの見方をそれなりに信用していた、ということになろうか。

ともかく、結果がどうなるかは別にして、小磯は二人のためにできることはやってやろうという気になったのだった。

「春香、ちょいといいかい」

妻のところへ何かのお裾分《すそわ》けでも持ってきたらしい春香を見掛けた非番の小磯は、顔を出して挨拶《あいさつ》してきた娘を呼び止めた。

「はい――小磯の小父《おじ》さん、何でしょうか」

襖《ふすま》のそばで膝《ひざ》を折った春香が、キラキラとした目で小磯を見つめてきた。

そんな同僚の娘を何気なく見返し、小磯は言葉を失う。

――まぁだ子供だと思ってたのに、いつの間にこんなに色っぽくなりやがった……。

蕾《つぼみ》が花開くとはまさにこんなことを言うのかと、小磯は目を見開かされる思いをした。しばし茫然《ぼうぜん》と相手に見とれていたことに気づき、内心狼狽《ろうばい》を覚える。

「ああ、ウム、いや……道斎――釜之介がおいらの養子になると決まったってことは、お前さんも聞いてるよな」

はい、と春香は明るい声で答えた。

「いや、おいらが言いてえのは、なんだ。そこいらへんの話を、絹江とかお前のおっ母《か》さんとかと、いろいろやってるってえのも知ってるよな――て、こったけどよ」

春香は、ポッと頬を赤らめて俯く。

「いろいろとお心遣いをいただき、本当にありがたく思っております」

なんだか自分が、若い者の恋路《こいじ》を根掘り葉掘り聞き出そうとしているようで、己の家にいるのにどこか居心地《いごこち》の悪さを覚える。しかしやらねばならないことだから、「ままよ」と、話を進めることにした。

「礼なんか、どうでもいいんだ。それよりよ」

「はい」

「お前の親父《おやじ》さんなんだけど、いつまでも蚊帳《かや》の外に置いとくわけにはいかねえ。そこで、折を見て筋を通そうと思ってんだが、お前さんもそれでいいな」

「はい、お手数ばかりお掛けして真《まこと》に申し訳ありません」

普段快活《かいかつ》なところしか見たことのない娘の殊勝《しゅしょう》な態度にいじらしさを覚えつつも、言っておかねばならぬことははっきりと口にする。

「なるたけ上手くいくように持ってくつもりじゃいるけれど、それもお前の親父さん次第《しでえ》だ。場合によっちゃ、みんな引っくり返《けえ》ることだって、全くねえとは言えねえ。

万が一ってえことになったときも、度《ど》を失ったり、塞《ふさ》ぎ込《こ》んだりしねえように、肚《はら》を固めといてもらいてえんだ——もし親父さんが取り付く島もねえとしても、まだまだ世を儚《はかな》んだりするのは早《はえ》えからな。なにしろお前のおっ母さんが、お前さんたちの味方についてんだからよ。

ときは掛かるかもしれねえが、おいらも根気強くやってくから、お前さんもそのつもりでいてくんねえ」

「何から何までお心遣いをありがとうございます。どうぞこれからも、よろしくお願い申し上げます」

春香は、両手をついて小磯に深々と頭を下げた。それが、己の養子の嫁に来たときの挨拶のようで、小磯はちょっとこそばゆかった。

小磯が春香に約束した「春香の親父さんに筋を通す機会」は、思っていたよりも早くやってきた。御番所《ごばんしょ》（町奉行所）からの帰りが、山崎と一緒になったのだ。

小磯の誘いに、山崎は一も二もなく乗ってきた。

御番所を出てすぐの数寄屋橋《すきやばし》を渡った右手、元数寄屋町《もとすきやちょう》の横丁をちょいと入ったところに小汚い一杯呑み屋がある。小磯が山崎を連れて行ったのはその見世だった。

この春、麻布桜田町《あざぶさくらだちょう》で幼い娘を拐《かどわ》かした男が死骸となって見つかった一件の話をするため、小磯が定町廻《じょうまちまわ》りの武貞《たけさだ》や桜田町の岡っ引きを伴った呑み屋だ。山崎とは、すでに何度か一緒にこの見世を訪れたことがあった。

「小磯さんよ、手前んとこの借家人を養子にするなんて、お前さんもずいぶんと思い切ったことをやったもんだねえ」

滅多《めった》な客には貸さない二階の小座敷へ上がり込んですぐに、山崎は小磯に話し掛けてきた。

町方役人は犯罪者の追捕《ついぶ》や処刑に関わりが深いため、他の幕臣からは「不浄《ふじよう》役人」と呼ばれて一段下に見られている。ために婚姻その他の親戚付き合いも敬遠されることが多く、町方役人は同じ町方役人から嫁を迎えたり養子を取ったりするのが当たり前のこととなっていた。

それ以外から嫁や養子を迎えることも皆無《かいむ》ではないが、こたびの小磯のように浪人者を己の跡継ぎに据えるのはかなり珍しい。山崎が興味津々《きようみしんしん》で訊《き》いてくるのは、当然のことだ。

小磯は苦笑しながらも、内心では「向こうから話のきっかけを作ってくれたなぁ好都合だ」と、幸先《さいさき》のよさを喜んだ。

「実ぁな、そのことで、お前さんに話があったんだ」

「へえ、お前さんとこの養子のことでかい。で、何だい。おいらで間に合うんなら、相談にのるぜ」

まさか自分の娘と関わりがあるとは思いもしないから、身を乗り出してくる。

小磯は、小女が運び上げてきた酒を手酌で注《つ》いで、口に運んでから次の言葉を発した。

「まあ、とりあえず話を聞いてくんねえ——これからおいらがする話は、おそらくお前さんに取っちゃ寝耳に水、青天《せいてん》の霹靂《へきれき》ってヤツだろうからよ。聞いた後で怒り出そうが、おいらを張り倒そうが好きにしていいけど、ともかくまずは最後まで聞いちゃくれめえか」

「なんだい、脅《おど》かしっこナシだぜ」

「まぁ、聞いてくんな——お前さんとおいらは、家族ぐるみで昵懇《じっこん》の付き合いだ。おいらたちだけじゃあなくって、内儀《かみ》さんも、それからお前さんとこは三人の子供も、互いの家を遠慮なく行ったり来たりしてる」

小磯家の養子の話のはずなのに、なぜか自分の家族がまず話題に上がって、山崎は妙な顔になった。小磯が構わず続ける。

「で、おいらんとこの養子だ。おいらんとこへ養子に入《へえ》るのが、うちの借家人だってえこたぁ、ご存じのとおりさ」

「ああ、今さら言われるまでもねえ」

であるからこそ、どんな存念からそのようなことをしたのかと、肚の内を知りたくてウズウズしていたのである。

小磯は、また満たした坏《さかずき》を口に運んでから、おもむろに先を続けた。

「で、だ。お前さんとこからうちの内儀さんとこへ、お前さんの娘が親しく訪《たん》ねてくる。そこにゃあ、別棟たぁいえ、若い男が住み暮らしてる」

「待てよ、おい。まさか……」

顔色が変わった山崎が、あまり先走った考えに及ばぬうちに、小磯は制する。

「誤解しちゃあいけねえぜ。うちの借家人は手習いの師匠で、亡くなった親父さんからみっちり儒学《じゅがく》を叩き込まれた学者先生だ。妙な間違いを起こさねえだけの分別《ふんべつ》があるこたぁ、おいらが保証する。あいつぁ、おそらくまだ、ろくに春香の手も握っちゃいめえよ」

「春香が……でも、春香がその野郎に誑《たぶら》かされたなぁ――」

「どっちがどっちに惚《ほ》れたのが先かまでぁ、おいらは知らねえ。ともかく、双方ともに、相手を好きになっちまったってことだ」

山崎の目に力がこもる。

「……お前さん、そいつを知ってて」

「おいらが知ったのも、つい最近だ。養子の願いを、御番所へ届け出るより、ほんの少し前さ」

「……」

「けどよ、内儀さんは別だぁ。おいらも絹江に聞かされて、今のお前さんどころじゃなく驚《おでれ》えたぜ」

山崎が睨んできた。

「絹江さんが、春香とそいつをくっつけた……」

「勘違いしねえでくんな。いくら絹江が考えなしのお転婆《てんば》だからって、無闇《むやみ》に人をくっつけたりなんかしねえやな。絹江が知る前に、二人はもう、互いのことを憎からず思うようになっちまってたんだろうよ」

「それにしたって――」

怒り出したいのをかろうじて我慢しているといった様子の相手に、小磯は「山崎よ」と呼び掛けた。

「お前さんが寝耳に水の話を聞かされて怒るなぁ判るが、おいらも絹江も、こっちの考えだけで無理に進めようとしてるわけじゃあねえんだ――二人の間柄がちょいとおかしいかもしれねえと気づいた絹江が、何にもしねえでただ黙って見てたと思うかい」

「?」

「娘のこった。絹江が誰に相談したかは判んだろう」

「……静音《しずね》か」

静音は、山崎の妻である。妻が知っていたことを聞かされた山崎は、娘に思い人がいると突然知らされたのに劣らぬほどの驚きを示した。

姉娘に玉《たま》の輿《こし》の縁談が持ち上がったとき、誰よりもまとまることを望んだのが静音だった。しかし実際に嫁入りさせてみると、夫の不行跡《ふぎょうせき》や姑《しゅうとめ》との折り合いで娘が大いに苦労しているのを知り、静音は深く後悔したらしい。

こたびの一件で静音が妹娘に何を望んでいるかを察した山崎は、口を噤んでしまった。

小磯は、静かな口調で語る。

「まあ、おいらや絹江、それに静音さんがどう考えようと、お前さんが反対なら無理強《むりじ》いするつもりなんざ、これっぽっちもねえよ。お前さんがみんな引っくり返したって、武家の何たるかを考えりゃあ、そっちが道理なんだからな。

お前さんが駄目だってえなら、うちの養子にゃあ、おいらがしっかり諦めさせるさ——おいらのことぉどう考《かんげ》えるかまで含めて、みんなお前さん次第だけど、そいつだきゃあ信用してくんな」

小磯ははっきりと断じたが、山崎は目も合わせず、無言のままだった。

その後も、小磯がぽつり、ぽつりと話し掛けても、山崎がろくに答えないという状況が続いた。二人だけの酒席は、場が盛り上がらぬまま早々にお開きとなった。

八丁堀《はっちょうぼり》の組屋敷までの帰り道も、会話がないまま歩いてきた。四《よ》つ辻《つじ》で山崎と別れた小磯は、夜空を見上げた。

――まぁ、怒鳴られたり、殴り掛かられたりしなかっただけマシってことか。

小磯は最悪、黙って殴られる覚悟までしていたのである。しかしその一方で、「山崎がすんなり受け入れてくれるのでは」と、甘い期待をしていたこともまた事実だった。

――さぁ、成るようにしか成らねえけど、約束した以上は、できる限りのことをしてやらねえとなぁ。

いつの間にか小磯は、春香に言ったことを実の娘との固い約束のように捉《とら》えていたのだった。

浅草寺の奥山に仮の住まいを与えられている一亮は、健作の仕事場へ向かおうとしているところだった。健作は、見世物小屋で使う細工物の手直しなどを表の生業にしている。

五

行ったところでまともな手伝いなどは何もできず、健作の仕事の邪魔になるばかりなのだが、当の健作がうるさがる様子を全く見せないので、暇になるとつい足を向けてしまう。「己も拙いなりに何かできそうな仕事を見つけなければ」と思うものの、では何をすればよいのかとなると全く思い浮かぶものがなく、今日に至っているというのが一亮の現状だ。

やりたいことがないのかと考えてはみるのだが、今の自分の立場を考えれば、奥山を出てどこかに奉公するというわけにはいかず、かといってこの浅草寺の敷地の中で自分に任せてもらえる仕事があるかとなると、一つも見当がつかないというのが実情だった。

奉公先で殺されかけた自分を救った上にここまで連れてきた天蓋は、一亮の思いに気づいているのかどうか、日々の稼ぎについては全く何も言ってはこない。自分に三度の食事を運んでくれる桔梗にしたところで、見掛けとは違ってだいぶ世話好きな質《たち》ではあるものの、沙汰《さた》止《や》みになった共同炊事場《すいじば》の手伝い以降、新たな話を持ち込んでくれることはなかった。

朝、外の掃《は》き掃除《そうじ》をする以外にやることのない一亮は、仕方がないから半分以上は暇つぶしのつもりで、居ても居なくても変わらぬような手伝いをしに健作のところへ足を向ける。健作が嫌な顔ひとつせず、仕事をしながら付き合ってくれることが救いだった。

自分の住まう物置小屋と同じような建物をいくつか通り抜けて、健作の小屋が見えるところに出る。すると目指す小屋の入口のそばに、小さな人影が佇んでいるのが目に入った。

「早雪……」

相手が誰かを視認した一亮は、真っ直ぐ近づいていく。健作の小屋の前に立った早雪も一亮の姿を認めて、近づいてくるのを待っているようだった。

早雪は、桔梗が表の仕事としている見世物小屋で、桔梗とともに暮らしている。よんどころない事情で舞台に立てない桔梗は、このところ早雪と一緒にいることが多かった。

「こんなところで、どうした」

目の前に立って問うと、早雪は黙ったまま俯いてしまった。

「朝飯は、食べたのかい」

今度は下を向いたままコクンと頷く。

「桔梗さんは」

頷きも首を振りもしないので、辺りを見回してみた。やはり、近くに桔梗の姿はない。

「桔梗さんが中に居るの？」

桔梗が、早雪を外で待たせておかなければならないような話を健作としているなら、自分も訪《おとな》いを入れるのは遠慮すべきだった。

しかし、早雪は首を振る。

「……桔梗さんには、ちゃんと断って出てきたのかい？」

早雪は一瞬躊躇った後にまた首を横に振ったが、今度の振り方は前より小さかった。

一亮は、自分の前で下を向いたまま視線を合わせない小さな娘を見やった。早雪はもともと口数の少ない子だったが、それでも一亮に対しひと言も発しないという、今日の態度は珍しかった。

「ともかく、中へ入ろうか」

誘うと見上げてきた。そうしたいのか、したくないのか、自分でも判らずにいるような顔だ。

「そのつもりでここまで来たんだろ」

そう言うと、無言のまま体の向きを一亮から小屋の入口のほうへと変えた。

一亮は早雪の前に立って健作の小屋のほうへと足を進める。早雪は、ちゃんとついてきているようだ。

「健作さん、一亮です」

開いている戸の中へ向かって呼び掛けると、「おう」という返事があった。

戸口の正面に立って中を覗き込む。

健作は、広い土間の中の陽光が射し込む場所に筵《むしろ》を広げ、胡座《あぐら》をかいて座っていた。こちらを見た手には、細工物の一部らしい部品が持たれている。

「おや、今日は二人連れかね。それにしても珍しい取り合わせだねえ」

「ええ、すぐそこで会ったもんですから」

一亮の応答を聞いた健作は、「へえ」と相槌《あいづち》を打った。余計なことは言わないが、察しのいい健作は、一亮と同じくわずかな違和を感じているものと思えた。

一亮は、後ろに佇む早雪を促し中へと足を踏み入れる。

「また、細工の手直しですか」

「ああ、ちょいと龍の口の動きが悪くってな」

健作は手許に視線を落として細工物の部品をいじっている。

蝶番《ちようつがい》のような物が、編み込まれた竹で作られていた。健作が口にした「龍」というのはおそらく大きな竹細工で、編み目の隙間《すきま》から中まで透《す》かして見えるために、口の中に隠れる可動部もできる限り竹で造り込まれているのだろう。

健作の手の中で、部品は円滑《えんかつ》に動いているように見える。

「もう直ったのですか」

「いや。今、はずしてきたからくりの具合を見てるところさ」

「？　どこも悪くないように見えますが。はずしたときはキチンと動くのに、取り付けると上手く嚙み合わないということですか」

「なら、嵌《は》め込《こ》む先も持ってきてるか、簡単にゃあ動かせねえようなら、向こうで仕事してるよ」

「そうなんですか……」

健作が弄《もてあそ》んでいるどこも悪くなさそうな部品を見やりながら、一亮は応じた。

おそらくは、見世物小屋の面々としては全く気にも掛けていないような些細《ささい》な不備が、健作には気になって仕方がなかったのだろう。ときに桔梗からは「病気だ」とからかわれる、健作の職人気質《かたぎ》だった。

もしそうなら、見世物小屋の座主らは「いい」と言っているのに、無理にはずして持ち帰ったのかもしれない。座主や座頭《ざがしら》といった偉い人たちが健作の好き勝手を許しているのは、「何ら支障はない」と思っていたからくり仕掛けが、健作のところから戻ってくると、以前とは見違えるほど動きがよくなっていることが多々あるからだった。

手の中の部品を何気なくいじっているふうだった健作が、ふと何かに気づいたように手を止める。脇に広げている道具へ手を伸ばしたのは、具合の悪いところが見つかったからだと思えた。

と、戸口のほうで人の動く気配がした。

「なんだ、やはりここにおったのか」

目を向けると天蓋が立っていた。天蓋は、戸口からわずかに踏み込んだだけで立ち止まり、早雪に告げる。

「早雪、そなたのことを桔梗が探しておったぞ。健作のところへ遊びに行くなれば、きちんと桔梗に断ってからにせねばの」

一亮とともにしゃがんで健作の仕事を見ていた早雪は、天蓋の言葉にさっと立ち上がった。

「桔梗さん《さ》、困ってだか」

「いや、どこに行ったかと案じてはおったが」

早雪は戸口へ足を向けて戻りかけた。その背に、一亮が呼び掛ける。

「早雪、一緒に行こうか」

健作の小屋の前で出会ったときの早雪の様子から、自分のような者でも、立ち合えば何かしてやれることがあるのではないかと思っての言葉だった。

早雪は、振り向いて「いい」とひと言だけ返事をすると、天蓋の脇を抜けて駆け去っていった。

「どうしたんだ、早雪は」

健作が、手の細工物のことを忘れてしまったかのように、早雪の消え去ったほうへ目をやったまま呟《つぶや》いた。

「どうやら、桔梗のところから黙って出たようだの」

早雪の消えた戸口から、視線を戻して向き直った天蓋が応じた。

「桔梗の奴、何かキツいことでも言ったかね」

桔梗の気性をよく知る健作が、仕方がないなという口ぶりで当《あ》て推量《ずいりよう》を口にした。

「はてな。早雪が何も言わずに出ていくなどこれまでなかったようで、桔梗はわけが判らず困惑しておったようだったが」

健作は、視線を天蓋から一亮へ移す。

「一亮、お前はどうだ。何か知ってることはねえか。早雪と一緒にここへ来たんだから、話をしたろう」

一亮は、役に立たないと首を振った。

「いえ、いつもに増して無口でしたから。こちらが問い掛けても、頷くか首を振るしかしませんでした――天蓋さまが見えてから話したのが、吾《われ》が今朝初めて聞いた早雪の声です」

一亮の報告に、天蓋と健作は顔を見合わせた。

一亮が、考えた末に口を開く。

「吾の思い違いかもしれませんが……」

「なんだい、言ってみな」

健作があえて軽く促してくれたことで、思いつきを述べやすくなった。

「早雪は、桔梗さんに怒られたから小屋を飛び出してきたというようには見えませんでした」

「じゃあ、なんで黙って桔梗のとこから抜け出したんだ?」

「確信あってのことではありませんが、むしろ、桔梗さんに気を使って、独りにしてあげようとしたのではないかと」

また健作と目を見合わせた天蓋が訊く。

「なぜに、そのようなことを」

一亮は、迷いながら口にした。

「この前の、芽を摘んだ場ですが」

「目黒不動のことだの」

天蓋の確かめに頷いて続ける。

「あるいは、あのときの米地平さんの言葉を、気にしているのではないかと」

「あの桔梗がかい」

思い掛けないことを言われたという口ぶりで応じた健作だったが、その後すぐに考え込む顔になった。

「あの気の強え桔梗が、人の気持ちを逆撫《さかな》でするような男の言うことを、まともに受け取るたぁ思えねえけど――」

「けど、自分でも心の内々では『そうだ』と思ってたことを、相手が気に入らないってだけで、頭の隅に追いやってしまえる女《ひと》でもありません」

一亮は、健作が言葉を途切らせた後を補足した。天蓋が呟く。

「己の未熟さに憔悴《しょうすい》しておると?」

「そんななぁ、今に始まったことじゃねえでしょう　討魔衆として半人前なのは俺だって一緒だから、とっても胸張って言えることじゃねえですけど」

健作は自嘲《じちょう》を含めて独りごちる。天蓋が先日の一件を振り返った。

「こたび米地平に言われたのは、技ではなく覚悟についてであったからの。今まで自覚していたこととは別に、心に突き刺さるところがあったやもしれぬの」

一亮も続ける。

「太夫《たゆう》さんが亡くなられたことが大きかったかもしれません。弐の小組もなくな

って、自分たちの小組に掛けられる期待が大きくなったことは肌身《はだみ》に感じている
でしょうから」
一亮が口にした太夫とは、弐の組の小頭だった於蝶太夫《おちょうだゆう》のことである。
天蓋にも思い当たることはあった。弐の小組が壊滅するまでの一連の闘いの合
間に天蓋が話をしたとき、於蝶太夫が「桔梗の性根はよく判っているけれど、健
作についてはそれほどでもない」という趣旨の発言をしていたことを思い出した
のだ。
太夫が桔梗のことをよく知っていたならば、逆もまた真《しん》のはずだ。
――あれほどの技を持つ於蝶太夫でも、あっさりと斃された。
桔梗にとっては、相当な出来事だったに相違ない。気心が知れていた分、桔梗
の受けた衝撃は受け止めきれないほどに大きいのかもしれなかった。
「どんなに気負ったって、手前でできることしかやれねえんだから、気に病《や》んだ
って仕方がねえだろうに」
健作が、吐き捨てるように言った。しかしその口調からは、桔梗を案ずる心情
が溢れていると一亮は思った。つい、口を出す。
「米地平さんだって、口は悪いですけど、そう陰険《いんけん》な人ではないのかもしれませ

ん。あの目黒不動のときだって、健作さんが下手に出ると、だいぶ言葉を和らげましたから」

一亮の意見に、天蓋が忠告する。

「一亮、素直なのはよいことだが、そろそろ物ごとの裏を見る目も養っていかねばならぬぞ——米地平が我らの小組に馴染《なじ》まんとするような口を利いたのは、ここを追い出されては他にどこにも行くところがないからじゃ。

壱の小組では完全に持て余されてしまって居所がないし、他にも引き取り手がなければ、またお山へ戻されてしまうだけだからの」

一亮は、天蓋の言葉を素直に受け止めた。と同時に、「お山とはそれほど怖いところなのか」という疑問が生じる。

早雪を送り届けるはずであった先だから、気にならぬはずはなかった。

天蓋と一亮のやり取りには関心を向けずに、健作がぽつりと呟く。

「何か、気晴らしでも考えてやらなきゃならねえかな……」

耳にした一亮にすれば、その考えには一も二もなく賛成だった。

第二章　神隠し

一

一亮は、健作の小屋で健作や天蓋と話をしたときのことが気に掛かっていた。しかし、自分のような者が桔梗に何かしてやれるとも思えない。自分にできることがあるとすれば、それはもう一つの気掛かり——早雪のことになるだろう。

今日も健作の小屋へ足を向けた一亮は、途中で気を変えて、桔梗たちが住まいにしている見世物小屋へと行く先を変更する。行って何をするという目当てはなかったし、声を掛けて中に上がらせてもらうつもりもなかったが、ともかく表から様子を見ようという気になっていた。

桔梗たちの住む見世物小屋の裏に出て、ちょっと立ち止まる。

あるいはそんなことがあるかもしれないと思っていた光景が、実際に目の前に広がっていた。小屋の裏口で、早雪が何をするでもなく独りぽつねんと佇んでいたのだ。

「早雪」

声を掛けられハッとして振り向いた早雪は、相手が一亮だと確認すると、そのまま俯いてしまった。

「何してるの」

問い詰めるような口調にならないよう、あえて軽く声を掛けたつもりだったが、早雪は下を向いたまま応えない。

「少し、その辺を歩こうか」

誘うとようやく顔を上げ、「でも」と躊躇いの声を上げた。

そこへ、見世物小屋に住まう小女《だども》が顔を出してきた。一亮は顔見知りの小女に呼び掛ける。

「あの、早雪を連れてちょっとその辺を散歩してきますから、桔梗さんに断っておいてもらえますか」

小女は、気安く承知をして中へ戻った。このごろは舞台を休んでいるとはいえ、桔梗はこの見世物小屋にとって大事な芸人だから、一亮の伝言が放置されて伝わらないということはないはずだ。

「さあ、行こ」

一亮は早雪の手を取って歩き出した。つられて、早雪も歩き出す。一亮の誘いを拒《こば》むつもりはないようだ。

二人は、しばらく無言で歩いた。早雪はもともと、話し掛けられないと自分からは口を開かないほど無口だし、一亮のほうはといえば、誘い出してはみたものの、何をどう切り出せばよいのかいまだに迷っていたからだ。

「このごろ桔梗さん、考え込んじゃってるかな」

唐突《とうとつ》すぎる口火の切り方だったかもしれない。早雪は応えないが、構わず続けた。

「そうなら、天蓋さまや吾とかが、目黒不動へ行った後からだよね」

やはり、応えはない。

「吾とか早雪じゃあ、何て言ってあげればいいのか、判らないことがあるよね」

早雪の顔が、ようやく上がる。

「でも、天蓋さまや健作さんも案じて見てるから、きっと上手く手を差し伸べてくれると思うよ」

早雪はまだ何も言わないが、こちらを見ていることは判った。一亮も、視線を合わせる。

「早雪は、どう。みんなに、馴《な》れた？」

早雪は何か言おうと口を開きかけ――結局何も言わずにそのまま閉じた。

その顔が、何か自分に訴えかけようとしているように見えて、一亮は思わず「何？」と問うた。できるだけ優しく接しようとしていたここまでの努力を、無にするような真剣な訊き方になってしまっていただろうか。

問われた早雪は俯き、小さく首を振った。今度はもう一度、さらに大きく首を振る。

「早雪……」

早雪は、一亮とつないでいた手を振り払うようにして切った。驚く一亮に、叩きつけるような口調で「帰る」と言い放つ。

呆気《あっけ》にとられる一亮をその場に残し、見世物小屋のほうへ駆け出した。

一亮が黙ってその背を見送っていると、途中で立ち止まって振り返る。

「一亮兄《あんちゃ》ちゃん、ありがど」

また向き直って駆け出した早雪は、もう振り返りも立ち止まりもしなかった。

早雪は、一亮に対しなぜ突き放すような振る舞いをしてしまったのか、自分でも判らずにいた。

他の人やモノに共鳴し増幅する力を持つ早雪は、他人の喜怒哀楽《きどあいらく》や「思い」に対する共感能力も高い。ましてや相手は、あれほどの共鳴を二度までも重ねた一亮である。

一亮の優しさや気遣いが、早雪に伝わらないわけがなかった。涙が溢れそうなほど、早雪は嬉しかった。

でも、素直にその気持ちを表に出すことができなかった——恥ずかしさからではない。怖れからだ。

思い悩む桔梗をそっとしておいてやろうと、このところの早雪は桔梗のそばから離れることがあるのではないかという一亮の推測は、決して間違ってはいない。しかし、実際にはそればかりではなかった。

早雪には早雪なりに、真剣に考えるべきことがあったのだ。それは、早雪が独りで抱え込むにはあまりにも重大な問題だった。

だから今日、思わず一亮に打ち明けそうになった。

早雪が、一亮に言おうとして言えなかったことは何か——それは、このところ己の脳髄《のうずい》に直接達してくる、空耳のような声だった。

〈早雪よ。そこは、そなたのいるべき場所ではない〉

〈早雪、もし行くところがないなれば、我が下《もと》へ来よ〉

〈早雪よ。そなたが奥州の地で何をやっておったか、我は知っておるぞ。今、そなたが一緒におる連中とは、敵対する所行《しょぎょう》ではないか。にもかかわらずそのようなところにいるのは、間違いだとは思わぬか〉

〈早雪よ。そなたは、そんなところにいるべきではない。そなたの周りの連中とて、内心ではそなたを邪魔に思うておる。それが証《あかし》に、そなたはただ一人だけで「お山」なる恐ろしき場所へ閉じ込められそうになったではないか。そなたは、連中に恐れられておるのじゃ。恐れておるゆえ、そなたの目の前では愛想笑いを浮かべ、いいことしか言わぬ。じゃが陰に回れば、皆がそなたを忌《い》み嫌い、なんとか早くどこかへやってしまえぬかと頭を巡らし続けておるのじゃぞ〉

〈早雪よ。そんなところに、いつまでおるつもりじゃ。一人では出られぬなれ

ば、我が逃げ出すのを手伝《てつど》うてやろう。さあ、勇気を出せ。己の本当の心に、そろそろ素直になれ〉

〈今のそなたは、本来あるべき姿ではない。さあ、今こそ本当のそなたに戻るときぞ〉

〈早雪よ……〉

耳を塞いでも、声が聞こえなくなることはない。繰り返し、繰り返し頭の中で響き渡るのだった。

やがてそれは、誰かが自分に呼び掛けているのではなく、自分自身の心の声ではないかとも思えるようになってきた。今の早雪には、何が正しいのかすら判らなくなりかけている。

それでも、一亮にならば打ち明けられるかと思った。だから、話そうと口を開きかけた。

でも、できなかった。早雪から話を聞いた一亮が、「そんなことを考えていたのか」と自分のことを怖れ、離れていってしまうのではないかと思えてきたからだ。

自分自身が何を望んでいるかも判らなくなった今の早雪には、一亮に覚えた不安を「馬鹿げたことだ」と一笑に付すだけの大らかさは持ちようがない。

そうして早雪は、一亮を通じて己のあるべき姿を見つけることに、背を向けてしまったのだった。

二

南町奉行所臨時廻り同心の小磯文吾郎が出した養子縁組の届け出は、すでに裁可が下りているが、とはいえ届けが通ったからすぐにも釜之介が小磯家の養子に直る、というわけにはいかない。

小磯家としては親類縁者や関係先への挨拶《あいさつ》回りがある上、仕事仲間へのお披露《ひろ》目《め》の段取りも組む必要があった。町奉行所の同心は三十俵二人扶持《ににんぶち》という最下級の御家人ではあるが、どんなに小禄ではあっても、武家には武家の格式としきたりというものがある。

ましてや、町方同心の中でも花形とされる三廻《さんまわ》り（定町廻り、臨時廻り、隠密《おんみつ》廻《まわ》りの総称）のお役に就いているとなれば、それなりの役得があることは周知《しゅうち》の事実だし、小磯個人としては煩《わずら》わしいだけだが、奉行所役人としての体面も考えなければならない。とてものこと「質素に、簡略に」というふうにはならないのだった。

そして養子に入る釜之介――道斎のほうにしても、小磯に従って今後の養家のことだけに気を配っていればよいわけではない。

手習い塾《じゅく》をやっていたからには、あまり数は多くないとはいえ今も教えている手習い子がいる。自分が小磯家に入った後、残された手習い子を引き受けてくれる新たな師匠を見つけねばならなかった。

道斎のところへ通ってきていたのは八丁堀に住まいする者ばかりではなかったから、新たな師匠も一人見つければそれで済むというわけにはいかない。それぞれの子の住まいや気性を勘案《かんあん》し、親とも話をした上で「これは」と思える先生と面談に行くのだが、必ず一度だけで話がまとまるとは限らなかった。

こうして釜之介――道斎は、小磯が非番の日には役向きの挨拶回りに同道し、それ以外の日は手習い子たちのためにその親のところや他の町の手習い塾など、方々を訪ね歩く日々を送っている。以前と比べると、目の回るような忙しいときを過ごしていた。

家に戻った小磯は、居間でドサリと腰を下ろした。同道してきた釜之介も、養父になる男の近くで膝を折る。

小磯の妻の絹江が、いそいそとした足取りで二人にお茶を運んできた。小磯にとってはいつものことだが、釜之介のほうは畏《かしこ》まって頂戴《ちょうだい》する。

「お披露目の日も、迫って参りましたね」

絹江が、茶を出した場にそのまま腰を落ち着けて言った。正式な養子入りはまだでも、もう普段から釜之介を己の子として扱っている。

釜之介は寝泊まりこそいまだ別棟で行っているものの、絹江に強く勧められて、三度の食事は母屋《おもや》で摂《と》るようになっていた。このごろは、朝一番に母屋へ顔を出して、出仕前の小磯と絹江の二人に挨拶するのが日課になった。

「どうだい。手習い子の引き受け手は、もうみんな見つかったかい」

小磯が茶を啜《すす》りながら釜之介に問うた。

「はい、ほとんどは」

釜之介のほうは、自分用として新たに誂《あつら》えてもらった湯呑《ゆのみ》を両手で包むように持ったまま答える。

「養子に入ったら、すぐに御番所へ見習いとして出仕ってことんなる。その前に、きちんと片しときなよ」

「はい、心得ております。もう、ほとんど目処《めど》はついておりますので——もともとさほどの人数はおりませんでしたから、残りはあと二人だけです」

夫の言いように、絹江はせっかちが過ぎると口を挟んだ。

「何も、そんなに急ぐことはないじゃありませんか。釜之介さんだって、ここの家に養子に入って落ち着く間もなくじゃあ、たいへんでしょうに」

妻に苦情を言われても、小磯は考えを変えない。

「余所《よそ》の家じゃあ、十五、六で見習いに出てんのがゴロゴロいるくれえだ。ウチの養子はもう薹《とう》が立ってんだから、一刻でも早く始めねえと、とっても追いつかねえぜ」

「まあ、見習いの格好もつかないうちにお嫁さんをもらうっていうのも、あんまり具合はよくないかもしれませんね」

絹江も、そう応じた。

養父母になる夫婦の言葉を聞いた釜之介は、湯呑を脇に置いて居住まいを正した。

「心して勤めさせていただきます」

鯱張《しゃちほこば》った釜之介の返答を聞き流し、小磯は「それからよ」と口にする。「はい」と謹聴《きんちょう》する姿勢の釜之介に、小磯は続けた。

「ついでだから言っといてやるけど、見習いに入るお前さんへの風当たりはちょいときついぜ。そいつぁ覚悟しときなよ」

絹江は、「まあ」と口に手を当てる。

「でも、そこのところは旦那様が上手くお力添えしてくださいますわよね」

絹江が気休めになればと口にした言葉を、小磯はあっさりと否定した。釜之介にすれば、冷徹だと感じられてもおかしくないほどに聞こえたかもしれない。

「見習いも最初のうちゃあ用部屋の中のことだけだけど、おいらのほうは外回りだぁな。その場に居ねえおいらの力添《つえ》えなんぞ、期待しねえでくんな――それによ、先達《せんだつ》や同輩の当たりがちょいと強えぐれえでへこたれるようじゃあ、とっても役人なんぞ勤まらねえぜ」

「はい……」

「何でえ、『そんな話やあ、養子入りする気はねえか訊かれたときにゃあ、ひとっ言も言われちゃいねえぞ』って面《つら》だなぁ」

「いえ、そんな」

「だとしたらよ、お前さん。そいつぁお前さんの考《かんげ》えが足りなかったってことだぜ」

「私《わたくし》の思慮が?」

「だって、考えてもみねえ。お前さんがウチの養子に入るってこたぁ、どっかの与力同心にすりゃあ、手前んとこの次男坊、三男坊を片付《かつ》ける先が一つ減っちまうってことになるんだぜ。頭ぁ悩ませてる親父とすりゃあ、面白くなくって当然だろうが」

幕臣の中で「不浄役人」と呼ばれる町方は、付き合いのほとんどを同じ町方の与力同心に限定していた。婚姻も養子縁組も町方の中で行われるのが普通なのだ。

自分の後を継がせる嫡男《ちやくなん》以外にも男子を子に持つ親たちにとって、子供のいない小磯家は、食いっぱぐれを心配することなく自分の子供を押し込める先に見えていたはずだ。そこへ、町方とは縁《えん》も所縁《ゆかり》もない釜之介が割り込んできたのだから、八つ当たりされるだけの十分な理由になる。

小磯はさらに続けた。

「も一つ言うと、お前さん、どこの誰を嫁に欲しいと思ってんだ? 山崎んとこの春香はあんだけの器量《きりょう》よしだ。何の見込みが立ってねえでも、『それがしの嫁に』なんて夢見てるよな野郎は一人や二人じゃきけねえだろうさ――そんだけじゃねえぜ。もうとっくに身を固めたって、春香を娶《めと》った果報者《かほうもの》が己の目の前にいるとなったら、つい意地悪の一つもしたくなるのが人情ってモンだろうが。

いつまでも見習いのまんまで周りから小突《こづ》き回されんのが嫌《や》なら、さっさと仕事ぉ憶えてみんなに一目《いちもく》置かれるようになるしかねえ――判ったかい」

「はい、お教えいただくまで気づきませんでした。私の浅慮《せんりょ》にございました」

釜之介は、深々と頭を下げた。

下げた頭をちらりと見やれば、堅苦しい中にも己を奮《ふる》い立たせている様子が覗《うかが》える。これもまた恋の力かと、小磯は内心苦笑した。

と同時に、先日春香の父親である山崎とともにした酒席のことが思い浮かんだ。何とかしてやりたいと思ってはいるものの、予断は許さないというのが小磯の本音のところだ。

「まあ、見習いを上手く終えたとしても、ホントにお前さんが春香を嫁にもらえるかどうかは、まだ判らねえけどな」

結果小磯は、冷やかしとも突き放したものの言いの続きとも取れる言い方になる。

絹江が、「そんなことを言って。あなたが二人の橋渡しをしてくださるんでしょう?」と睨んでくる。

小磯はわざと視線をはずし、素知《そし》らぬふりをした。

実のところ、見習いに出た釜之介が先達や同輩から迫害を受けかねない理由がもう一つあった。

小磯は今、南町奉行筒井伊賀守政憲《つついいがのかみまさのり》の内諾《ないだく》を得て、ある一連の殺しを密かに追っていた。表向きにはすでに落着したことになっている一件であるから、奉行の筒井とその腹心の内与力《うちよりき》、それに小磯の三人だけに留《とど》めてある話だった。

ところが、小磯が実際に何を探っているかまでは知らなくとも、奉行の内命で秘密裏に探索に従事しているらしいことを嗅ぎつけた者がいた。

この金戸《かねと》という男が、奉行から直接の命を受けて探索にあたることを役儀にする隠密廻りであったことが事態をややこしくした。金戸は小磯に内命の中身を教えてもらうことを拒絶されると、縄張り荒らしとして小磯を敵視し始めたのである。

町方の与力同心も役人であることに変わりはないから、前例墨守《ぼくしゅ》や既得《きとく》権限の死守が身についた習いになっている。奉行から秘密厳守を命ぜられているという小磯の主張は、表立って非難されることこそないものの、それだけになおいっそう、仲間内からは白い目で見られる対象となり得た。

役人の処世術《しょせいじゅつ》として先に挙げた「習い」のほうが優先され、「内々で仲間に打ち明けることすらできないような下命からは、上手く逃れるのが当然だ」という考え方が、連中に共通する認識となっているのだ。

こうした考えに基づけば、すでに解決したことになっている殺しをわざわざほじくり返そうとするもともとの小磯の行為自体が、組織の秩序を乱す違反行為に等しいものと見なされる。奉行が認めてくれたから、一個人としてではなく奉行所役人の仕事として探索を続けていられるものの、連中の視点から見れば、「終わった」としたままで大過《たいか》なくやり過ごせる案件にいつまでも拘泥《こうでい》している小磯こそが、奉行所内では継子《まま こ》（異分子）扱いされるのだった。

すでに隠居も間近な歳となり、もとから出世や手柄に対する意欲を持っていなかった小磯にすれば、今さら職場で周囲からよそよそしくされたとて、ほとんど痛痒《つうよう》を感じることはない。また廻《まわ》り方《かた》同心（定町廻り、臨時廻りなどの別称）としての小磯の実力や経験豊富さは皆が認めるところであるから、村八分《むらはちぶ》になって仕事に支障を来《きた》すというほど、手酷《てひど》い扱いを受ける懼《おそ》れもなかった。

ゆえに、「人殺しは何としても捕まえる」という己の良心に従って単身探索を続けることに何の迷いも躊躇いも感じはしなかったのだが、己の養子としてこれから奉行所に見習いで入る男からすれば、これは己ではどうにもできぬ災難だということになる。小磯に十分ぶつけることのできない敵意が、身代わりとして釜之介の一身に向けられることが案じられた。

釜之介に気の毒だし、申し訳ないと思わぬではない。しかし小磯は、この隠れた事情を打ち明けるつもりもなければ、釜之介を身を挺《てい》して庇ってやろうという気もなかった。

まず奉行所の同輩連中に打ち明けることのできないような中身の内命を、いまだ同心の立場にもなっていない者に話すことなどできるはずがない。義父《おや》の情けとして心が痛まぬわけではないが、それをやっては町方同心としての道義にはずれるというのが、小磯の確固たる信念である。

また、妻にも言ったことだが、廻り方同心の自分が釜之介を庇ってやろうとしたところで十分にできるはずもなかった。己の態度から「小磯の弱みが養子にある」と考える敵対者がいれば、却《かえ》って釜之介の苦労を増す結果になるばかりだろう。

それから春香を嫁に迎えることについて、本当に実現するかは判らないと口にしたのも本音の部分があった。春香の父親である山崎平兵衛とは長年の付き合いであり、気心も知れているが、たとえ親しい友人の跡継ぎであっても、周囲から白眼視《はくがんし》されると判っている男に娘をくれてやる気になるかは、また別の話なのだ。

小磯は、自分のすぐそばで妙に畏まっている男を眺めやった。

――こいつも立派な大人だし、理不尽《りふじん》なこたぁどこに行ったってある。結局のところ、手前の途《みち》は手前で切り拓《ひら》いていくしかねえんだぜ。

そう、心の中だけで語り掛けた。

「あんな様子で、町方のお役が勤まりますでしょうかねえ」

釜之介が己の住まいにいったん下がった後、絹江が心配そうに問い掛けてきた。

小磯は、冷めたお茶の残りを口にする。

「なあに、案ずるより産むが易《やす》しさ。案外、重宝《ちょうほう》されるかもしれねえぜ」

まるで他人事《ひとごと》だと言わんばかりのお気楽なもの言いに聞こえて、絹江は眉《まゆ》を寄せた。

「あなたは町方のお役に就くことになるんだから、もっとざっくばらんな立ち居振る舞いをなさいと口を酸《す》っぱくして言ってやってるんですけど、わざわざ居住まいを正して『ご教示ありがとうございます。これより懸命に学んで参ります』って、これですからね」

小磯は、釜之介らしいと笑った。

「小っこいころから、親父さんに『子曰《しのたま》わく』なんて小難しい漢籍《かんせき》使って厳しく躾《しつ》けられたんだ。そうそう簡単にゃあ、変われねえだろうよ」

「でも、あんなに堅苦しくって、旦那様と同じ仕事ができますかしら」

小磯は悪戯《いたずら》っぽい目で己の妻を見返す。

「別に御番所のお役は、泥棒や火附けなんぞを追っかけ回すことだけじゃねえぜ。用部屋手附《ようべやてつき》（裁判や業務文書の起草などの担当）や例繰方《れいくりかた》（業務記録の作成・保管などを担当）なんて、書き物仕事だってたんとあるんだ。学があって筆も立つあの野郎なら、おいらみてえに他に使い途のねえ男より、よっぽど使い勝手がいいって喜ばれるかもしれねえや」

「そうですかしらねえ」

「まあ、おいらたちほどゆとりのある暮らしはできなかろうが、それでも食うに困るなんてことはねえだろ」

小磯はそう話をまとめた。

市中で起こる揉《も》め事《ごと》の仲裁《ちゅうさい》役となってもらうため、定町廻りや臨時廻りなどには富商をはじめとして多くのところから付け届けがある。奉行所内で書き物仕事だけに従事している与力同心には、たまにお零《こぼ》れが回ってくるぐらいで役得はあまりなかった。

それでも、お役も与えられずに無聊《ぶりょう》を託《かこ》っている小普請組《こぶしんぐみ》の御家人などよりは、遥かにマシな暮らしが送れるのだ。

「だと、いいですけどねえ」

そう言い置いて、絹江は空になった夫と先々の養子二人分の湯呑を盆に載せて立ち上がった。

三

五月二十八日。大川《おおかわ》は両国橋《りようごくばし》の近辺では、この日から舟を浮かべての納涼《のうりよう》が始まる。これを、両国川開《かわびら》きという。

この日の夕刻、大川は、待ち望んだ人々が雇った屋根舟《やねぶね》で一杯になった。

火事の多かった江戸では、市中で花火を上げることは厳禁されていたが、夏から秋にかけて、大川の川筋に限って許可が出される。その解禁日が、やはりこの五月二十八日だった。

花火を上げることが許されるのは八月の末までであるが、なんといっても初日にあたる川開きの日が最も華やかだ。川開きの集客を求めて、川沿いの料理茶屋や船宿が金を出し合い、盛大に花火を打ち上げるからだった。

舟を雇う金もない庶民は、川沿いに並んだ出見世を冷やかし、両国橋を渡って、夜空に広がる美しくも騒々しい光景を見物する。

この宵《よい》には、江戸中の人々が大川端に集まったかというほどの混雑になった。当然、最も混み合うのが両国橋の界隈だ。

「凄い人の数ですね」

人混みの中で押し合いへし合いしながら、一亮が健作に言った。天蓋によって江戸の町はずれから中心部に連れてこられた一亮は、市中の人の多さにたびたび驚かされてきたが、今宵《こよい》はそのどのときよりも大勢の人が繰り出している。

「年に一度のことだからな。みんな楽しみにしてたのさ」

並んで歩くことができずに一亮の前になった健作が、首だけ後ろを振り向かせて言った。

「でも、元日だって灌仏会《かんぶつえ》だって年に一度でしょう」

そばを歩いていた見知らぬ男が、一亮の声を小耳に挟んで顔を向けてきた。

「兄ちゃん。見たところまだ若そうなのに、灌仏会だなんて、またずいぶんと渋いところを引き合いに出すもんだねえ」

一亮の代わりに健作が愛想笑いを浮かべながら応じる。

「へへっ、こいつは江戸のはずれで生まれ育ってまして、今の仕事場が浅草寺のそばにあるもんで」

「なるほどねえ、それでかい」

相手は、健作のひと言だけで納得したようだった。

灌仏会（花祭り、お釈迦《しやか》様が生誕したとされる日。四月八日）にはどこのお寺も賑わうが、浅草寺や上野《うえの》の寛永寺《かんえいじ》などはまた別格の賑わいを見せる。浅草寺奥山で住み暮らす一亮は、先日その賑わいを生まれて初めて体験したばかりだった。

健作が体ごと振り返って、一亮よりも後ろへ声を掛けた。

「おい、ちゃんと付いてきてるかい。こんなところではぐれちまったら、もう会えねえぜ」

一亮の後ろから、桔梗が応える。その手は、早雪としっかりつながれていた。

「ああ、判ってるさ——それにしても、たいへんな人混みだねえ。やっぱり、川開きなんて日は避けたほうがよかったんじゃないのかい」

声には、不快さがはっきり表れている。そのうちの幾分かは、これほどの人混みに慣れていない早雪に対する気遣いだろう。

一亮を間に挟んだままで、健作が明るく返した。

「そう言うねえ。一亮や早雪は、生まれて初めて両国の花火を見るんだ。そしたらやっぱり、一番盛大に上がってるとこを見せてやりてえじゃねえか。なぁに、人混みだって、気分を盛り上げる賑わいの内さぁね。こいつを楽しまなきゃあ、とっても江戸っ子たぁ言えねえぜ」

一亮や早雪をダシに使ったが、健作が川開きの花火見物へ本当に連れ出したかったのは桔梗のほうだ。このごろ己らの未熟さについて考え込むことの多い桔梗のために、ほんのわずかでも気晴らしになればよいと願って、天蓋に相談し了解を得た上での行動だった。

「おや、お前さんは江戸の生まれだったかねえ。そいつぁ初耳だけど」

そう健作へ茶々を入れた桔梗だったが、花火見物を腐《くさ》すようなもの言いは、もうしなかった。わざわざこんなところまで繰り出してきてから、皆の興を殺《そ》ぐようなもの言いを延々続けるのは、さっぱりとした気性の桔梗には似合わない。

口に出しはしないものの、あるいは健作の心遣いを、きちんと察しているのかもしれなかった。

川面《かわも》に、ヒューンという鋭い飛翔音が鳴り響《ひび》いた。空が一瞬明るみ、遅れてドーン、パチパチという雷鳴のような爆発音が轟《とどろ》き渡る。

一亮らの前後左右を歩いていた人々が一様に空を見上げ、わあっという歓声を上げた。無論、一亮の目も頭上へ向けられている。

「ほらっ、始まったぜ」

健作が晴れやかな声で、言わずもがなの宣言をした。人々の流れは遅々として進まないが、両国橋はもうすぐそこだった。

毎度のことながら、今年の両国川開きにも数えきれぬほどの人々が押し寄せてきていた。南北の町奉行所は、月番《つきばん》（ひと月交代で新規案件の担当を受け持つこと）かどうかにかかわらず、それぞれ人数を繰り出して押し寄せる人波の整理に当たった。

今回は北町が川の上流、南が下流という役割分担である。最も混雑する両国橋と、距離の長い両国橋以北の川沿い両側を月番である北町が受け持ち、南町については、川の西側は薬研堀《やげんぼり》、東側は竪川《たてかわ》を境にして内海《うちうみ》（江戸湾）側を受け持つという取り決めがなされていた。

同心が、あるいはところの岡っ引きやその子分たちが、声を嗄《か》らして人々に呼び掛ける。

「ゆっくり歩けよ。押し合いなんぞしねえでな」

「あんまり空にばっか気ぃ取られてると、身の回りのことが疎《おろそ》かになんぞ。掏《す》摸《り》には気ぃつけて、懐《ふところ》の巾着《きんちゃく》はしっかりと確かめながら歩きなよ」

「途中で立ち止まっちゃいけねえよ。前の人に続いて、どんどん、どんどん、足ぃ進めてきな。お前さん方だって、今日の花火を手前らの施餓鬼《せがき》（法要）にしたかねえだろ。止まっちまうような唐変木《とうへんぼく》がいたら、後ろから声を掛けて前に進ませなよ」

両国川開きの花火の始まりは、飢饉《ききん》と虎狼痢《ころり》（コレラ）の流行によって発生した大量の死者に対する、幕府の慰霊《いれい》だったという。呼び掛けの中で付言《ふげん》された「手前らの施餓鬼」とは、これを念頭に置いた科白《せりふ》であろう。

また、この物語より三十年ほど前、深川《ふかがわ》は富岡八幡宮《とみがおかはちまんぐう》の祭礼に押し寄せた群衆の重みで永代橋《えいたいばし》が崩落《ほうらく》し、千人を大きく超える死者、行方不明者を出すという大惨事が起きた。これを教訓に、幕府は一度に橋を渡る人数を制限し、かつ橋の上で足を止めることを禁止するという対策を取ったのだが、滞留《たいりゅう》させないのはともかく、群衆の規模がこれほど大きくなると、人数制限はほとんど不可能だ。

臨時廻りとして定町廻りの補佐教導を任とする小磯文吾郎も、大川筋の警備と監視に駆り出されたうちの一人であった。受け持ちは新大橋《しんおおはし》の東側の橋詰《はしづめ》だ。

小磯は、大声を張り上げるのは手先や若手に任せて、人波がゆっくりと動いていくのを難しい顔をしながら眺めていた。

空にはもう、何発か花火が上がっていたが、最初に一瞬チラリと目をやっただけだ。小磯の視線は主に目の前を行き過ぎていく人々へ——そして、その人々が渡ろうと向かっている橋のほうに向いていた。

晦日《みそか》手前で極限まで細った月はまだまだ顔を出してこないから、本来はもう真っ暗闇のはずだが、星明かりばかりではなく、ほんのときおりではあっても弾けた花火が地上を照らして、まさに「黒山の人だかり」という言葉がぴったり当て嵌まるほど密集している人の姿を浮かび上がらせる。

見つめる小磯はいつにも増して無表情だ。しかし花火独特の炸裂音《さくれつおん》が響くたびに、ほんのわずかではあっても「こたびこそは橋に組み上げられた木材の割《さ》けた音ではないか」、「次の花火の明かりに映し出されるのは、崩れ落ちた橋とそこから川に転落していく人々の姿ではないか」という不安がよぎるのも、また確かなことであった。

——もし、目の前で橋が落っこったら。

まずそんなことはないだろうとは思いながらも、万が一のときの肚は固めておかなければならない。

三十年前、永代橋が落ちたときは、前方で何が起こったか気づかぬ人々がどんどんと押し寄せ続けたため、落下した橋際で立ち止まろうとした人々が多数、後ろから押し出されて川に転落していったという。

大声を上げても止まらぬ人々の流れを、ただ一人で止めたのが南町奉行所の同心だった。そのときこの同心は、腰の刀を抜いて振り回し、目の前の人々を追い散らしている。

当時見習いとして奉行所に上がったばかりだった小磯は別の場所にいて、現場は見ていない。小磯の記憶にあるのは専《もっぱ》ら、翌日以降に重なった溺死者《できししゃ》の引き上げや遺骸《いがい》の処理、そして行方知れずになった知り合いの安否《あんぴ》を尋ねる人々への応対などで走り回ったことに限られる。

ただ、町の人々からも機転を賞賛されたこの同心の振る舞いに誇らしさを感じ、憧憬《しょうけい》を抱《いだ》いたことは今もはっきりと憶えていた。

——おいらにも、あんな咄嗟《とっさ》の気働きができようか。

それなりに歳を重ねて経験も積み、何が起きても動じることなく対処できるはずという自負はある。しかし、己が人々に向かって刀を抜き上げ、振り回す場面を想像して思わず苦笑した。

——おいらにゃあ、似合わねえな。

自分に対する評価はそんなものだ。

ふと、夜空で響き渡る轟音《ごうおん》の合間に、人々が上げる歓声やざわめきとは違う声が混じっているのに気づいた。誰かが怒声《どせい》を上げている。

小磯は眉を顰《しか》めた。

「何でえ、喧嘩《けんか》かい。この混雑の最中《さなか》に、迷惑な」

小磯は怒った声のやり取りがあるほうを凝視《ぎょうし》した。小者か手先が誰か、向かっているかどうかを気にしたのだった。

四

両国橋に到達する直前、健作は早雪を呼んで背に負《お》ぶった。早雪が人の壁に遮られることなく、大河《たいが》の上空で開く花火をよく見られるようにだ。

「いいかい。川の上流、左側で上がんのが玉屋《たまや》の花火、右側の下流で上げてるのが鍵屋《かぎや》の花火だ。人の話によると玉屋のほうが評判がいいみてえだから、左のほうをよく見ててみねえ」

健作が、夜空にとどろく破裂音の合間を縫って、背中の早雪に語り掛ける。花火の炸裂や周囲の喧噪《けんそう》に負けぬように、自然と声が大きくなった。

大人しく健作の背中に収まった早雪は、言われたとおりに顔を左側へ巡らした。これほどの人波も、次々に連続する花火の轟音も初めてだろうに、怯《おび》えた様子は全くない。

早雪は表情に乏《とぼ》しく感情の起伏《きふく》が判りづらい子供だが、自分の周囲の風景に、面白みは覚えているようだと一亮には見えていた。

鍵屋、玉屋は江戸の二大花火師であり、いずれも製造から打ち上げまで請け負った。創業は鍵屋のほうが古く、玉屋はその分かれであるという。ちなみに本作のこの場面からわずか六年後、玉屋は失火を咎《とが》められて廃業、江戸追放になっている。

早雪を健作に任せた桔梗は、今は二人の後ろを一亮と並んで歩いていた。健作が早雪に掛けた言葉を耳にして、からかいを口にする。

「なんだい、『両国の花火を見るなら一番盛大な日に見せてやりてえ』なんて言うから、どれほど見慣れてんのかと思やあ、お前さんのはただの耳学問《みみがくもん》かい」

健作は早雪を背負ったまま振り向いた。

「そう言うなって。俺だってただの貧乏人だ。そうそう花火見物なんて贅沢《ぜいたく》はできねえよ」

「ヘン、花火見物が贅沢だなんてえのは、大川に浮かべた舟で花火を見上げてから言ってもらいたいもんだ。お金《あし》が掛からなくって済むから、こうやって手前の足で見て歩いてんじゃないか」

桔梗が口にした悪態に、そばを歩いていた男が乗っかった。

「そうそう。こうやって手前の足で花火を見に来てんなぁ、姐《ねえ》さんの言うとおりみんな貧乏人さぁね。それがこうやって大勢繰り出してんなぁ、やっぱり江戸っ子はお祭り騒ぎが大好きだってこったろうなあ」

男の言葉を受けて桔梗が健作のほうへ向く。

「だとさ。金がないのを言い訳にして、川開きの花火もろくに見に来ないようなお前さんは、やっぱり江戸っ子じゃないってバレちまったねえ」

「ケッ。俺の生国《しょうごく》がどこかなんて、桔梗、お前さんはとっくにご存じだろうがよ」

二人が他愛のないやり取りをまた始めたとき、一亮の様子が変わった。

「!」

足を止めかけた一亮に、桔梗がすぐに気づく。

「一亮、何やってんだい。ちゃんと歩かないと、後ろの皆さんにご迷惑だよ」

促されて足を前に出した一亮だったが、どこか心ここにあらぬ様子になってい
る。

「？　——一亮、どうしたんだい」

桔梗の問いへの返答は、一拍遅れた。

「いる……」

「いる？　何が——まさか！」

桔梗は、ハッとして健作へ目をやった。背後の二人の様子は、すでに健作も気
づいていた。

「桔梗、お前支度《したく》は」

「ほんの少し。でも、こんなとこじゃあ……」

今日はただの花火見物であり、芽を摘むための支度などはほとんどしてきてい
ない。かろうじて、護身用の得物——手裏剣を二本ほど懐に忍ばせているだけだ
った。

「健作、お前さんは」

「持っちゃあいるが、確かにこんなとこじゃあな」

自分たちの周囲には、数えきれぬほどの人がいる。こんなところで芽吹きが起こったとしても、「人に知られぬよう活動をせねばならぬ」という掟《おきて》に縛られている桔梗たちには、何もできはしない。

もし己らを縛りつける厳命を破るつもりになったとしても、これほどの人に囲まれている中では、ろくに身動きすら取れまい。

仲間内の会話に横から口を挟んだ男が、桔梗たちを妙な目で見てきた。途切れ途切れに聞こえてくる話の中身は摑《つか》めなかったにせよ、急に示し始めた異様な緊迫に、ただならぬものを覚えたからだった。

桔梗と健作はそんな男を気にする余裕もなく、周囲の気配を警戒する。しかし、夜空にとどろく轟音や、周囲を取り巻く人々の喧噪が、自分らの集中の邪魔をしていた。

と、前方でザワリと人の波が揺れる気配が伝わってきた。

「人魂《ひとだま》っ！」

誰かが上げた声はそう大きくはなかったが、花火の合間を縫って桔梗たちの耳にまではっきりと届いた。

——人魂？

桔梗と健作は、さっと緊張を高めた。その言葉を聞いて、二人にはすぐに思い当たることがあったからだ。

評議の座の決定に従い早雪をお山に送っていく途中で顕れたモノは、己が産むことのできなかった子らを霊として自身の命に従わせた。そのときの、空一杯に広がった無数の光球が、二人の脳裏に浮かんだのだ。

――ともかく、何か起こったときのために体勢を整えねば。

人々に囲まれた中ではできることなどなくとも、そうした行動に移るのが闘う者の自然な思考だ。

「一亮」

健作は背後へ呼び掛けると、しゃがんで背中の早雪をそっと橋板の上へ下ろした。その手を、一亮が取ろうとする。桔梗は、二人を護《まも》るように周囲へ目を配っていた。

と、そのとき、不意に人波がグラリと揺らいだ。

「うわっ、何？」

「何でぇ、押すなよ」

人々の間から声が上がる。自分らの前方にいる者たちが、元からの流れを押し戻すように後ずさってきたのだった。ついで、前方で上がっている声の意味が聞き取れるようになってくる。

「きゃーっ」

「な、何だよ、この火の玉ぁ」

「うわっ、たす、救《たす》けてくれえっ」

「南無阿弥陀仏《なんまんだぶ》、南無阿弥陀仏……」

何が起こっているかは不明だが、桔梗らの前方で相当な混乱が起こっているようだった。

その混乱が、自分らのところまで到達してきたのは突然のことだった。

「わわわっ、待って」

「押すな、押すな。おい、押すなよ」

「いててて……」

「危ねえじゃねえか、この野郎！」

「こんなとこで暴れちゃならねえ。おい、落ち着けってば」

あちこちで様々な叫び声が上がる中、健作も桔梗も一亮も、皆が錯綜《さくそう》する人の流れに呑み込まれていた。

「早雪っ」

早雪の手を取ろうとしつつ、横合いから急にぶつかってきた人によって体を飛ばされそうになった一亮は、目一杯手を伸ばして摑み損《そこ》ねた相手の名を呼んだ。

一亮のほうへ手を伸ばしていた早雪は、左右から押し寄せる人の波の中へ消えていった。

「早雪っ！」

一亮はもう一度名を呼んだが、周囲の人々の上げる声にかき消されてしまった。

健作や桔梗に助けを乞《こ》おうとしても、二人がどこにいるかすら判らない。もう一亮は、人の奔流《ほんりゅう》に吞み込まれたまま、押し流されていくだけになっていた。

※

両国橋の上で一亮が異変を察知する前、健作の背中で早雪がヒクリと動いたことに、誰も気づかなかった。人混みの中で、見知らぬ他人と常に肩がぶつかり合うような混雑だったからだ。

そのとき早雪は、心に巣くう悩みも忘れて無心に花火に見入っていた。これだけの賑わいと破裂音の中、さすがに己を悩ます声が届くことはないだろうと安堵しきっていたのだ。

しかしそれは、ただの思い込みに過ぎなかった。

〈早雪よ〉

その声は、花火の炸裂音にも消されることなく、はっきりと早雪の脳髄に響き渡った。

〈ついにお前を解き放ってやるときが来たぞ〉

早雪は、炸裂する花火に目を向けながら、何も考えられずに固まっていた。

〈さあ、もうすぐだ。心づもりをして、待っておれ〉

自分は聞こえてくる声の言うとおりにしたいのか、したくないのか、あまりにも突然のことで早雪には満足に考えることすらできない。周囲の騒音と花火の炸裂音が、さらに早雪の思考の邪魔をした。

自分の後ろで、一亮が様子を変えた。一亮にも自分と同じ声が聞こえたのかと思ったが、どうやらそうではないようだ。

すると声が、何者かに向かって命じた。

〈長臣、若臣、芽吹きを起こすな。小僧に気取《けど》られるぞ〉

一亮だけではなく桔梗や健作も警戒を始めたところからすると、芽吹くモノが近くにいるらしかった。

頭に響く声は、誰かにさらなる命を発する。

〈我が影よ。闇にある我の対極をなす、光射す分身よ。今こそ世に出《い》でてその存在を明らかにせよ〉

自分とも、長臣と呼んだ者らとも、また違う何かへ言っているような気がした。すると渡りかけた橋の前方で、「人魂だ！」と叫ぶ人の声が上がった。

人々がざわめく様や揺らぎは、健作の背中に乗っている分、早雪が一番よく見えていた。その人の波の揺れが、こちらへ向かってくる。

が、その到達を見る前に、早雪は健作の背中から下ろされた。同時に、人の波の揺れが自分たちを巻き込んだ。

一亮が、こちらへ手を伸ばしてくる。本能的に、早雪も手を伸ばして一亮の手を摑もうとした。

しかし、届かなかった。後は、人の波に吞まれ、揉まれ、自分がどこにいるのかすら判然としなくなった。

こうなってよかったのか、こうなることが正しかったのか、早雪にはそれも判らずにいる。

五

新大橋の東詰に陣取《じんど》る南町の臨時廻り同心小磯も、人々の喧噪の中にいた。幸いにも、自分の周囲では喧嘩や気分を悪くした病人、迷子や仲間とはぐれた者、それに掏摸の騒ぎぐらいしか生じてはいないが、それでも従えた小者や岡っ引きたちはてんてこ舞いをしている。

小磯は全体に目を配りながら、ときおり短い指示を出して手先たちを動かした。この場の指揮者として実際には与力が一人配置されていたのだが、この日のように臨機応変《りんきおうへん》の対応が必要な場ではあまり役に立つ人物ではなく、実質上は小磯が全体を統率していたのだ。

皆が汗だくになって懸命に働いている中、与力を横に置いたただの同心が「あれをやれ」「これをしろ」と口やかましく指図するだけなのは申し訳ない気もするが、「どうせ年寄りが走り回るほうへ一人加わったところで、大した手伝いにはならない」と割り切った。

小磯の指図で動く者らからすると、全体を見つつ重要なところから手早く対処していくべく、的確な「鶴《つる》の一声《ひとこえ》」を上げる人物が身近にいてくれるのは大いに頼もしいことだったのだが、小磯自身にはそうした意識はあまりなかったらしい。

大きな問題が起きたときにはすぐに駆けつけられるようにと、つなぎとして配置していた下っ引きが竪川のほうから戻ってきた。

「今んところ、竪川よりここまでの川沿いじゃあ、さほどのことは起こってねえようでやす」

普段はあまり口を利く機会もない町方同心へ、畏まって報告する。

竪川から新大橋までの大川沿いはほぼ全面が武家地の上、川岸には幕府の御船《おふな》蔵《ぐら》が建てられているから、花火を見物しようという群衆も、そのほとんどがただ素通りしていくだけになる。そうそう大きな騒ぎが起きることはないだろうというのは、事前に予測されたことだった。

「何か、両国橋のほうが騒がしいようだが、お前さん聞いてるかい」

花火に照らし出される明るさがあるとはいえ、二つの橋の間はおよそ四半里（約一キロメートル）の距離があって川が蛇行《だこう》しており、ここからだと両国橋はほんの一部しか視界に入らない。向こうの橋の混乱は見間違いかと思われるほどわずかしか目につかなかったものの、橋の下の舟の動きが妙な具合に変わったので、やはり何か起こったと確信できたのだった。

「へえ、どうやら橋の上で、人魂が飛んだの、飛んでねえのなんて騒ぎが起きたようで」

「人魂ぁ？」

思いも掛けぬことを聞かされて、老練な同心がつい頓狂《とんきよう》な声を上げてしまった。

「なに、どうせ花火の燃え残りが、風に流されて飛んできたか何かでやしょう——騒ぎで押された者が二人ほど川に落ちたようでやすが、後は怪我人《けがにん》が何人か出たぐれえで。あっしが向こうにいるうちに、『もう収まった』って、北町のつなぎが報せてきやした」

「じゃあ、助《すけ》っ人《と》は要らねえんだな」

「へえ。北町から報せにきた野郎も、そんなことは言ってませんでしたし」

小磯は、ちらりと仰《あお》ぎ見た与力が頷くのを確認し、周囲の者に言った。

「なら、後ひと踏ん張りだ。最後まで手抜かりのねえように、しっかりやるぜ」

老練な同心の鼓舞《こぶ》に、周囲は「へい」と声を揃《そろ》えた。

両国橋の上で起こった騒ぎは、さほどのときが掛かることもなく不意に終わった。人々はすぐに落ち着きを取り戻したが、人に押し倒されたり足を捻《ひね》ったりした怪我人が数人出ていた。

中には川に落ちた人もいたという。そばで夕涼みをしていた舟がすぐに救けに向かったようだが、落ちた全員が引き上げられたのかどうかは、まだ奉行所役人も把握《はあく》していなかった。

体を痛めた者はこの程度であったものの、混乱の中で、迷子や仲間からはぐれた者は多数出た。一亮らも、同行した仲間を両国橋近辺で探し出すことができず、それぞれが虚《むな》しく帰途《きと》に就いている。

――もしも、はぐれてしまって見つからない者が出たら、浅草寺の御門前で待ち合わせよう。

事前に皆でそう申し合わせており、早雪も、両国橋から浅草寺までなら自力で戻れるはずだった。

一亮が、ピッタリと閉ざされた浅草寺の御門前に着いてみると、桔梗と健作の二人が立っていた。早雪の姿は、どこにもない。

二人は無言のまま、近づいてくる一亮を見ている。一、二歩歩み寄ってきて、それが確かに一亮だと判ると、桔梗の肩ががっくりと落ちた。

「早雪は」

答えはわかっていながらも、聞かずにはいられなかった。

「やっぱり、お前さんもはぐれちまったか」

それが、健作の返答だった。

「済みません。健作さんから吾が委《ゆだ》ねられたのに」

項垂れる一亮に、健作が己の後悔を口にする。

「いや、俺が背中から下ろすのが早かったんだ。もっと周りにきちんと気を配ってりゃあ、背負ったままでいたのによ」

「でも――」

言い募ろうとする一亮へ、健作は言葉を被せる。

「あの人の流れの中じゃあ、しっかり手をつないでようとしても、とうてい無理だった。俺も桔梗も、何にもできないまんま離ればなれにされちまったぐらいだからな」

　二人のやり取りを黙って聞いていた桔梗は、顔を上げて足を踏み出した。健作が声を掛ける。

「桔梗、どこへ行く」

「決まってるじゃないか。早雪を探しに行くんだよ」

　一縷《いちる》の望みを一亮に掛けていたが、それが潰《つい》えたとなれば他にやれることはない。

　制止する健作の声は、穏やかなものだった。

「やめな。お前さん、ここへ戻ってくる前に、だいぶ捜したんじゃねえのかい」

「ああ。だけど、あんときはまだ見物客が大勢いたし。今なら人の数もぐんと減ったろうから、今度こそ見つかるかもしれない」

「人の数が減ったってことは、早雪だって通行の邪魔をされずに戻ってこれるってことのはずだ」

　健作は、「もし無事なら」というひと言を、あえて省略して言った。

「怪我して自分じゃ歩けないのかもしれない」

「なら、親切なお人が連れてきてくれるだろうさ」

「そんなの、判んないじゃないか！」

桔梗が、感情を抑えきれずに声を荒らげた。

健作はあえて間を空け、桔梗が自分の激高《げきこう》を省《かえり》みられるようになるのを待った上で告げた。

「桔梗。確かに今から両国橋まで戻れば、見物客はもうほとんどいなくなってるかもしれねえ。けど、あんな騒ぎが起きて、怪我人どころか橋から落っこった人まで出たんだ。町方の役人やその手先は、まだ何人もあの辺りをウロウロしてるはずだ。

そんなとこへ人を捜すような顔で出向いてみろい、たちまち事情を訊かれんぜ。そんとき、お前はどうする？　『浅草奥山の見世物小屋に住まう、早雪と申す娘が行方知れずでございます』って、正直に届けるかい」

問われた桔梗は、答えられなかった。

討魔という、世に知られてはならぬ業を為す身であるからにはもともと町方とは相容《あいい》れぬ間柄である上に、今は桔梗の芽を摘む業に着目した同心によって、その正体を暴かれかねない状況にあるのだ。さらに早雪の身の上も江戸へ出た事情も、桔梗らの討魔の業と密接な関わり合いがあるからにはやはり扱いに注意を要した。

とてものこと、自分の身元を明らかにして早雪の捜索に手を貸してもらうことなど、できるはずがないのだ――いや、町方が注目しかねないような振る舞いを、その面前で行うこと自体、できる限り避けなければならないといえた。

沈黙する桔梗が得心したと判断した健作が続けた。

「諦めるのは早えや。早雪は、まだここへ戻ってくる途中かもしれねえ――お前さん方は、早雪がやってこねえか、もうちょっとここで見ててやってくれねえか」

そう言いながら、己は塀沿いに寺の裏手へ回ろうとした。

どこ行くんだい、という桔梗の声に振り返る。

「御坊には、知らせとかねえとな」

「でも、お前が言ったように、まだ戻ってくる途中かもしれないじゃないか」

「それでもだ――あの騒ぎが起きる寸前、一亮が芽吹きの気配を感じたのを、桔梗、お前さんも見てたろう。なら、早雪が戻ってくるかどうかにかかわらず、もう御坊に黙ってるわけにゃあいかねえ」

早雪がどうなったかを想像させる事象について、あえて触れた。桔梗が考えないようにしていたことだとは判っていながら、こうなればもう避けて通るわけにはいかなくなっていた。

唇を嚙む桔梗へ、健作は穏やかに告げた。

「桔梗。お前や早雪を誘ったのは俺だ。責めは、みんな俺にある」

そのまま、奥山に通ずる裏の入口のほうへと歩み去っていった。

一亮は、その背中を黙って見送るより他に、何もできることはなかった。


翌日の南町奉行所。朝、一同が会《かい》したところで前日の川開き警戒の結果を中心に報告があった。例年のとおり喧嘩、怪我人や病人、迷子、それに掏摸や置き引き等の犯罪が複数件発生していたが、南町が受け持った地域では特筆すべきことは何も起こっていなかった。

報告が終わって解散となり、小磯が自分の湯呑に白湯《さゆ》を注ごうとしたところへ、背中から声を掛けられた。

「昨夜はご苦労様でした」

他の定町廻りやその代わりを引き受けた臨時廻りが、市中巡回のためぞろぞろと出ていく中で、足を止めた村田直作《むらたなおさく》だった。村田は川向こう（大川の東側にあたる向島《むこうじま》、本所《ほんじょ》、深川の総称）を受け持つ定町廻りだ。

己の受け持ち区域の中へ、小磯が助っ人に出てくれたことへの礼を述べてきたのだった。なお昨夜の村田自身は、竪川から小磯がいた新大橋東詰までの川沿いの警戒に当たっている。

「おお、お前さんもお疲れさん——大したこたぁ何も起きなくって、よかったじゃねえか」

「小磯さん方のお蔭です」

村田はそう言って律儀《りちぎ》に頭を下げてきた。どうやら、自身が本来受け持ちとする地域での仕事でありながら、小磯に自分より負担の大きい役目が割り振られたことへ申し訳なさを感じているらしい。

「なぁに。もしもナンかあったときゃあ、お前さんが北町の助けを借りてくれることになってたから、気楽なもんだったよ」

村田が配置されたのは、実際の警備の負担は軽めなものの、北町が担当する両国橋東詰と隣接する場所である。緊急事態が起こったようなときには、折衝役《せっしょうやく》を勤めることを期待されての役割分担だった。

ちなみに、普段村田と組むことが多く、川向こうの土地にも精通している臨時廻りは永代橋を受け持っている。周囲一帯が町家になっており、大きな歓楽街にもほど近い分、小磯の任せられた新大橋よりも騒動勃発《ぼっぱつ》が強く懸念《けねん》される、南町の担当地域としては最重要地点だったからだ。

相手の返答にほっとした顔になった村田は、小磯が担当した場所での騒ぎについて訊いてきた。

「小磯さんのところでは刃傷《にんじょう》騒ぎがあったそうですが、大事はなかったのですか」

先ほどの全体報告でも軽く触れられてはいたが、当該地を受け持つ定町廻りとしては当然の問いだった。

「ああよ。江戸に出てきたばっかりの勤番侍《きんばんざむれえ》（参勤交代《さんきんこうたい》のお供として出府してきた、大名家の藩士）が、江戸の仕来《しきた》りに慣れねえで頭に血ぃ昇らしただけだぁな。

今朝一番で先方の留守居役《るすいやく》が南町奉行《おぶぎょう》んとこへすっ飛んできたし、相手も軽い怪我しただけだから、内済《ないさい》（示談《じだん》）で終わんだろ」

参勤交代により全国の大名が少なからぬ家臣を引き連れてくることから、江戸の庶民は侍を飽きるほど見慣れている。このため、江戸の町人は武家を懼れる気持ちが薄く、相手を田舎者《いなかもの》だと嘲笑《あざわら》っている部分がある。一方で出府してきた藩士は、国許で町人階層から軽くあしらわれた経験など持ち合わせてはいない。国許から初めて出てきたばかりの者らには、上役より重ねて厳重な注意が与えられるのだが、それでも、侮辱《ぶじょく》されたと激高する勤番侍と江戸庶民の間のいざこざが頻繁《ひんぱん》に発生した。大ごとにならぬように騒ぎを収めるにあたって、その場に立ち会ったのが老練な小磯だったということは大いに寄与したはずだ。

村田は再び感謝の思いで頭を下げた。

「ところで、北町が受け持った両国橋じゃあ、ちょいとした騒ぎがあったようだねえ」

小磯が持ち出したのは、同じ地域を受け持つからには顔見知りであるはずの北町の定町廻りから、村田が昨晩のうちに何か詳しい話を聞いていないかと思ってのことだった。

村田は顔を蹙《しか》めて答える。

「ええ。橋から二人ほど落ちたようです。一人は花火見物の屋根舟に引き上げられましたが、もう息をしてなかったそうで。もう一人は、落ちたまんま行方知れずです。今朝早くから舟を出して捜すことになってますが、果たして見つかるかどうか……」

「何でも、橋の上に人魂が出たんだってな」

「さぁて。そんなとこまで詳しい話を聞いちゃいませんが、おおかた、上がった花火の欠片《かけら》が火の点《つ》いたまんま、落っこってきたか何かだったんでしょう」

昨夜、第一報を伝えてくれた下っ引きと同じような予測を口にしてきた。

「何だったのかは、はっきりしねえのかい」

「はあ。少なくとも昨夜の段階では、判ってなかったみたいですね」

起こった直後に判明しないときは、こういう話がたいてい原因不明で終わってしまうことを、小磯は経験上から知っていた。

「でもよ、大川へ真っ逆さまに転げ落ちたような者が二人《の》も出たとなると、そんときの橋の上は定めし大騒ぎだったんだろうねえ」

「怪我人が何人も出たって言ってましたしね。仲間とはぐれたとか、迷子になったとかいう者はだいぶいたようですね」

「そこまで騒ぎんなって、すぐに収まったのかい」

収まったから北町からの応援要請もこなかったのだろうが、問われた村田は、少々妙な顔になる。

「そこが不思議なとこなんですけど。おいらはそんとき一《ひと》ツ目橋《めばし》の袂《たもと》んとこにいたんで、両国橋のほうはよく見えてたんですよ。

わあっと声が上がったんで両国橋のほうを見やると、橋の上でみんなが押し合うような騒ぎんなってて、ぽろぽろっと橋から落っこちる人の姿も見えましたから『こいつぁ大変《てえへん》だ』って色めき立ったんですけどね。それが次の瞬間にゃあ、沸《わ》き立《た》ってる鍋《なべ》を火から下ろしたみてえに、スーッと引いちまいまして。まるで、狐《きつね》に抓《つま》まれたような気分でした」

一ツ目橋は、竪川が大川に注ぎ込む河口の近くに架けられている。そこから両国橋東詰までは、直線距離で三町（三百メートル強）あるかどうかというところだろう。実際に騒ぎが起こったのは、新大橋にいた小磯のほうからも見えた西詰近くになるが、それでも距離的には小磯の半分以下という近場から見ていたことになる。

「一ツ目橋んとこにいたお前さんにゃあ、火の玉だか人魂だかは見えなかったのかい」

自分の受け持ち外どころか、所属する南町の担当地域で起こったことですらないから、村田の答えは世間話と変わりない気さくさで返される。

「ちょいと見上げるようになりますんで橋板に遮られてたのかもしれませんんけ

ど、気づきませんでしたねえ」

少々引っ掛からないでもないが、「妙だ」と断じるほどの異様さまでは感じない。村田は騒ぎの因《もと》自体は目にしていないようでもあり、さらなる追及は諦めた。

「しかし、すぐに収まったにせよ、北町は大変だったろうなあ。みんな始末はついたのかね」

「さあ。橋から落ちた行方知れずは、今朝から舟を出して探し始めたとこでしょうけど、怪我人のほうはみんな大したことがなくて、昨日の夜のうちに片づいたみたいですけどね。ただ、迷子となると、まだ探すのに手もつけられないまま放っとかれてる子がいるかもしれませんね」

「親のほうで勝手に見っけても、すぐに御番所へ届け直すとは限らねえしなぁ。後回しになんのも、仕方がねえと言やぁそれまでなんだが」

そう応じたが、もともと限られた人数で町政全般を見ている町奉行所には、いなくなった子供を真剣に捜してやるほどの余力はなかった。市中見回りの際に、頭の隅に置いておくぐらいがせいぜいだ。

「じゃあ、おいらも見回りに出ますんで」

軽く頭を下げながら断りを述べた村田を、小磯は機嫌《きげん》よく送り出した。

「おう、引き留めちまって悪かったなぁ。気張って行ってきな」

大袈裟な励ましに苦笑しながら出ていく村田を横目に見て、小磯は湯呑の白湯を啜り込んだ。

第三章　捜索

一

深夜のあの堂宇。評議の座を構成する面々が、今宵も集まっていた。

「天蓋のところの早雪が消えたと?」

報告は、知音から口にされたばかりであった。

「昨夜の両国川開きに連れていったところ、橋の上の騒ぎで散り散りになり、皆で探し回ったにもかかわらず結局早雪の姿を見つけることはできなかった、とのことにございます」

知音は、冷静な口調でことの次第を述べた——しかし、全てをありのままに述べているわけではなさそうだ。

「どういうことかの。早雪は、誰かに連れ去られたと?・」

一座の中から出された問いに、知音は答えた。

「ご説のとおり、拐《かどわ》かされたのやもしれませぬし、逃げ惑う人々の下敷きになってものも言えぬほどの怪我を負っているのやもしれませぬ。あるいは、ただ帰り道が判らぬようになって、誰かに面倒を見てもらっているだけやもしれませぬ」

知音はなぜか、両国橋の上で一亮が感じ取った芽吹きの気配について、いっさい触れずに済ませようとしていた。

「どうなったのか、全く判らぬと申すか」

「今のところは。実は、騒ぎのときに橋から大川へ転落したまま見つかっておらぬ者がいるとのことですので、それが早雪だったということもあり得まする」

問うた者がムウと唸り声を上げる横で、取りまとめの補佐をする実尊が考えを述べた。実尊は己の新たな地位にいまだ慣れぬためか、丁寧《ていねい》な話し方をしている。

「いずれにせよ、耳目衆を出さねばなりますまいの——今、知音殿が口にした中で、怪我をして身動きが取れなくなっているか、あるいは迷子になって誰かの世話になっているかならば、さほどのときを掛けることなく見つけ出してくれましょう」

この時代、迷子はまず保護した町が面倒を見て、引き取りに来る親が見つからない場合は、その町で養い親を捜してやることになっていた。見も知らぬ子供の面倒を見るのは物入りだし、きちんとした養い親を見つけてやる（後で養い親が何か間違いをしでかした場合、町がお上より責任を問われかねない）というのもかなり面倒なことだから、まずはできる範囲で一生懸命親を捜す努力をする。

早雪が迷子になったとすると、両国橋からそう遠くない町で保護されていると考えられるため、耳目衆にかかればすぐにも発見されるであろうと期待できた。

幼い娘が怪我をしてどこかへ運び込まれたならば、皆の噂になっているはずであり、より簡単に見つかるはずだ。

「よろしくお願い申しまする」

知音は、実尊の提案に頭を下げた。

「して、もし拐かされたならば」

知音の報告へ最初に問いを発した者が訊いた。

この時代の誘拐は、必ずしも身代金が目当てだとは限らない。跡継ぎや跡継ぎの伴侶《はんりょ》として、つらい肉体労働の担い手として、そして少女の場合は女郎として売り飛ばすことも目的となり得る。角兵衛獅子《かくべえじし》など軽業を仕込む弟子として、

拐かしは当然重罪だが、攫《さら》った土地から十分離れてしまえば、取り戻しに来る者が現れることはまずなかった。抜け荷（密貿易）の交換品として、海外へ連れ出される者すらいたという。

問いに答えたのは、また実尊だった。この質問者とは気心が知れているのか、ややぞんざいな口の利き方になる。

「その場合は、少々手間取るやもしれぬな。耳目衆は後ろ暗い連中ともつながりを持ってはいるが、さすがに目の届かぬところはある。そういう裏の筋に攫われたのであれば、見つけるのは難しいやもしれぬ」

「それは、痛ましいことではあるの」

誰かが漏らしたひと言は、まるで他人事のように聞こえた。

——あのように得体《えたい》の知れぬ娘、闇の世界に消えて二度と出てこぬならば、そのほうがよいのではないか。

そうした内心が透けて見えるような口調だった。実尊の前の取りまとめ役補佐だった宝珠《ほうじゅ》の企《たくら》んだ早雪の抹殺に、心の奥底では共鳴している者がこの中にも

いるのだ。

「無論のこと、捜し出すためにできる限りのことはしてもらいますがの」

牽制《けんせい》するように、実尊が断言した。

ここで、話し合いに割って入る者が出た。やはりいつものように、樊恵だった。

「検討すべきは、それだけではあるまい」

実尊は、今の地位に就くまで先達として接していた樊恵へ丁寧に応じた。

「ほう、何でしょうかな」

樊恵は、実尊の気遣いなどにはいっさい構わず、己の思うところを述べる。

「拐かされたとしても、やったのがただの悪党とは限るまいということよ」

「ただの悪党とは、また違った者？」

「天蓋らによって江戸へ連れてこられる前、早雪がどこでどうしておったかを思い起こせば、憂《うれ》えなければならぬことが我らにはあろうが」

「樊恵殿、まさかそれは――」

早雪は、奥州の人里離れた山村で、鬼が己の仲間へと人を造り変える手伝いをさせられていた。当人にそうした自覚があったとは思えないものの、そこで為されたおぞましい製造自体を否定することはできない。

「しかし、そのようなことが。早雪の力を引き出すについては、天蓋の小組でも手をつけかねていることにございましょう」

「奥州の僻村では、それを成し遂げたモノが実際におった」

「そんなモノが江戸にもいたとして、どうやって早雪が我らの下におると知ったのでしょうか」

「知らぬ」

樊恵の答えはにべもないものだった。当然、反発が起こる。

「知らぬ？」

樊恵は問うてきた相手を冷徹な目で見返し、言い放った。

「重ねて言う。奥州の僻村では実際に早雪を見つけ出し、己の手許へと囲ったモノがおった」

「しかしながら――」

「この評議の座における話ですら、外に漏れぬとは限らぬ。なれば、早雪のことを知っているモノがおったとて、不思議ではない――そうであろう」

早雪をお山へ送ろうとした天蓋らの一行が襲撃されたのは、宝珠が自らの望みを叶《かな》えるために芽吹いたモノに接触し、襲うべき相手と場所を伝えたからだった。

問われた相手は、答えを返せなかった。樊恵の痛烈なもの言いに、言葉を失ってしまったのだ。

樊恵は、今までやり取りをしていた相手を無視し、皆に言った。

「早雪が消えたのが拐かされたからであり、その拐かした相手が芽吹きたるモノであった場合のことを、我らは覚悟しておかなければならぬ」

知音が、静かに問うた。

「どのような覚悟にござりましょうや」

樊恵が、ゆっくりと知音へ視線を巡らせる。

「決まっておろう。奥州で行われたようなことを、この江戸で再現させるわけにはいかぬ」

「たとえ早雪が芽吹きたるモノに囚《とら》われたとしても、攫ったモノが早雪の能力《ちから》を必ず引き出せるとは限りますまい」

「引き出してしもうてからでは遅い――それは知音、そなたとて判っていることであろうが」

「……早雪を、亡き者にすると？」

樊恵は、視線を知音から皆へさっと転じた。

「早雪をいかにするかは、彼《か》の娘が芽吹きたるモノに囚われておるかどうかだけで定まることに非ず。たとえ早雪が並の悪人に攫われたのだとしても——いや、もし早雪が己の意志で我らの前より姿を消さんとした結果であっても、この後、芽吹きたるモノの踏み台にされる懼《おそ》れある際には、我らは覚悟を決める要があろうぞ」

「お待ちください」

知音は、片膝を進めて異論を述べた。

「樊恵様が口にされた御条《ごじょう》は、先達より我らが脈々と受け継いできた本道《ほんどう》より、あまりにもかけ離れたものにござりましょう。芽吹いておるどころか、その気配すらいっさい見せてはいない者を摘まんとは、我らが則《のり》を超える所行だと存じまする」

筋の通った反論に対し、樊恵は「知音」と落ち着いた声で呼び掛けてきた。

「愚昧《ぐまい》が今言い出したことは、確かに我らが先達より受け継いできた則より、はずれておらぬとは申せまい。じゃが、このところの芽吹きの有りようの変化に対し、旧来のままの対処ではもはや立ちゆかぬと強く主張して参ったのは、知音、そなた自身ぞ」

「確かに仰《おお》せのとおりではございますが――」

樊恵は、さらに畳《たた》みかける。

「我らはこれまでも、芽吹きが実際に起こっておるのかをこの目で確かめるまでは、手を下し芽を摘むことは控えるという立場を取って参った。そのために、芽吹きたるモノに無辜《むこ》の民が殺されるところを、涙を呑んで幾人《いくたり》も見送ってきた――いや、美辞麗句《びじれいく》で誤魔化《ごまか》すのはやめよう。我らは、我らの正体が世間に知られぬよう、後に我らの存在を世に広めかねぬ者らが芽吹いたモノに平らげられるのを待った上で、初めて芽を摘む業に手をつけてきた。

知音よ。我らの手は、芽吹きたるモノばかりでなく、我らが見殺しにしてきた無辜の民の血によっても汚れておるのだ。それは、そなたが天蓋に組ませた小組も変わらぬこと――なれば今さら、綺麗ごとを言うても始まるまい。無辜の民が殺されるのをみすみす見逃すのと、芽吹いてもおらぬ娘をこの手に掛けるのの、いったいどちらの罪が重いと申すのか」

「そこには大きな隔《へだ》たりがあると存じまする。もし我らが芽吹いてもおらぬ人を手に掛けるようになったなれば、ただの人殺しとどこが違うというのでしょうか。討魔の業をもって世の安寧《あんねい》を保つなどと、申すことはできなくなります。討魔衆として己が命を懸けて闘う一人一人の組子らに、矜持《きょうじ》を持たせ続けることができなくなりますぞ」

「芽吹いてもおらぬ娘を手に掛けんとするは、それだけの真っ当な理由があるからこそ。やらねば、これよりどれだけ芽吹きが増えるか予想もつかぬのだからの。もしそうなってしまえば、無辜の民の犠牲は格段に増え、手の足らぬ我らでは対処が為切《しき》れぬばかりでなく次第に戦力を消耗し、やがては潰《つい》えてしまうことになろう。なれば世界は芽吹きたるモノに蹂躙《じゅうりん》され、さらにいつ再び魔が生じてもおかしゅうはなくなる――この世は、まさしく地獄と化すぞ。

知音よ。討魔衆の組子に己らこそ世の安寧を保たせておるのだという矜持を持たせんとする考えが、間違っておるとまでは申さぬ。さりながら討魔の芽を摘む業は、その矜持だけを支えに行い続けられるほど生易《なまやさ》しいものではないことぐらい、そなたも判っておるはず。どこかで割り切る考えを持たねば、己自身の身を滅ぼすことになりかねぬ――あるいは、あれほどの遣い手であった弐の小組の小頭が斃《たお》れたのは、それがためであったやもしれぬ。

誇りだの矜持だのばかりに頼っておる討魔衆は、やがて己の業《ごう》の深さに自滅しようぞ。そなたの求めるは理想ではあっても、人が芽吹くような世ではただの夢物語。そなた自身が組み上げた天蓋の小組を、さような書生論《しょせいろん》で潰してはならぬ」

樊恵の言葉は、その一つ一つが知音の心に響いた。それだけ、樊恵が述べた道理に思い当たる点が多々があったのだ。

さらに言えば、これまで樊恵が知音へ向ける言葉には敵意をあからさまにした弾劾《だんがい》と問責が多かったのだが、こたびは趣《おもむき》を異《こと》にしていた。道筋を諄々《じゅんじゅん》と説いて、知音を得心させせんとしてきたのだった。

樊恵の態度が変わった理由は、「知音を見直したから」などということではなく、弍の小組が壊滅した今、不本意ではあっても天蓋の小組に存分の働きをしてもらわねばならぬという自制心からであろう。それでも――いや、そうであるからこそ、知音としても早雪の生命より「芽を摘む業」の有りようを第一に考えた対処を目指していかねばならないといえた。

――確かにそうではあるが、それでもなお……。

知音には、捨てきれぬ想いがある。

「万象様」

知音は、あるかどうか判らぬ助けを、一座のまとめ役に求めた。

じっと目を瞑《つむ》ってやり取りを聞いていた万象は、ようやく目を開けた。おもむろに、口から言葉が発せられる。

「いずれにせよ、まずは早雪を見つけ出すことぞ——さもなくば、ここでどのように議論しても、実際には何もできはせぬのだからの」

——見つかったときの早雪の有りようを見て判断がなされる。

十分ではなくとも、先々に望みを残す判断ではあった。

二

定町廻り同心は、所属する町奉行所が月番かどうかにかかわらず、受け持っている区域を毎日巡回して、いずれの町にも異常がないことを確かめて回る。なれば定町廻りの補佐を任とする臨時廻りも、定町廻りが非番のときなどの交代要員として、月番かどうかにかかわらず市中を巡回することになる。

しかも定町廻りと補佐役の臨時廻りの組み合わせは、だいたいは決まっていても完全な固定ではないから、受け持ちの区域外で定町廻り同心が彷徨《うろつ》いていれば奇妙な目で見られるのに対し、臨時廻りなら江戸市中のどこをほっつき歩いていても不自然ではないことになるのだ。

その日、南町奉行所臨時廻り同心の小磯は両国橋西詰の袂にいた。両国橋西詰広小路《ひろこうじ》は浅草寺奥山と並んで、老若男女を問わない盛り場としては江戸で一、二を争う繁華《はんか》な土地だ。

今はまだ朝が早いため、開けている見世や見世物小屋はまだほとんどないが、それでも浮き立った様子は他の町並みでは見られないものだった。目の前の橋の上でほんの数日前に、人が落ちて死ぬような大騒ぎがあったことなど、すっかり忘れ去られたように見える。

小磯は、橋の袂に立ってぐるりと周囲を見回してみたが——なぜ朝一番でこんなところへ足を向けたのか、自分でも、はっきりとはしていなかった。

ただ今日は、いつも組んでいる定町廻りの武貞新八郎《しんぱちろう》に同道するほどの用がなく、手が空《す》いていたため、気分に任せて足を向けただけだ。

橋の上にも広小路にも少なからぬ通行人の姿があるが、ほとんどが仕事場へ向から出職《でしょく》（大工や左官屋など野外の仕事）の職人や通いの奉公人、あるいは納《なっ》豆《とう》売りや蜆《しじみ》売りなどの振り売り（行商人）で、見物人などはまだあまり見掛けない。わずかにいるのは、身なりや荷物からすると、在所から江戸へ出てきたばかりの者らであろうと思えた。

――？

ふと、橋の上にいる一人の女が目についた。見たところ二十歳《はたち》を超えているかどうか、眉も剃《そ》ってはおらず、まだ亭主持ちではないようだ。

そばを行き過ぎる男どもが振り返るほどの別嬪《べっぴん》だが、小磯の気を惹いたのは、女が示す態度であった。

――誰かと待ち合わせか？　……いや、そうじゃねえな。落とし物を捜してるわけでもなさそうだ。

小磯は橋板を踏み、ゆっくりと女に近づいていった。

女が小磯に気づき、はっとした表情で見返してくる。すぐに視線を逸らし、素知らぬ顔をしようとした。

一目で町方同心と判る格好をしている小磯にしてみれば、やられ慣れた態度ではある。たとえ後ろ暗いところがなくとも――いや、真っ当に生きている小心者ほど、町方役人の姿には懼れを抱くものだということは、十分身に沁《し》みて知っていた。

「おい、そこの女。どうしたぃ、何か困ってることでもあんのかい」

小磯はなるたけ怖がらせぬよう、気安い声の掛け方をした。

女は町方の同心へ、小腰を屈《かが》めて応じてくる。

「いえ、何でもございません。お気遣いいただきまして、ありがとうございます」

返事を聞いて、小磯はわずかながら違和を覚えた。視線を合わせてこないのはよくあることだが、それにしては声に怯えが感じられない。

――この女、何か裏があるのか?

心の内に浮かんだ疑念をおくびにも出すことなく、小磯は何気ない素振りで橋の上から周囲を見回した。

橋は応力《おうりよく》（掛かった重みに反発する力）を上手く利用して強度を増すよう、弧を描く形に木組みがなされているから、大川を跨《また》ぎ超えるほどの長大さがあると、中央部は相当の高さになる。眼下を大河が流れていて遮る物がないということもあり、遥か遠くまで見渡せた。

その景色に目をやったまま、思いついたことを口にする。

「一昨日《おとつい》の川開きの日にゃあ、ここでちょいとした騒ぎがあってね。橋から落っこって死んだ者も、怪我人も出た。見物に来て仲間とはぐれたような人も、多かったろうさ——お前さん、もしかして、誰かいなくなった人でも探しに来たんじゃねえのかい」

問われた女は、初めて小磯の目をチラリと見てきた。

——やはり、おいらに臆しちゃいねえか。

返してきた答えは、大人しげなものだった。

「いえ、そんなことは——でも、ここいらでほんの少し前に人が亡くなったり怪我をしたというのは、ずいぶんと恐ろしげなお話ですね」

「怖がらせちまったなら勘弁してくんな。なに、他意はねえんだ。もし何か困ってんなら、手助けになりゃしねえかと思って声を掛けただけでね」

「それはどうもご親切さまで。でも、せっかくですが、家をちょいと早く出過ぎましたんで、ここらでしばらくときを潰してただけですから」

「そうかい。なら、いんだ——でも、謂《くで》えようだけど、川開きの騒ぎで行方知れずになった者がいるんなら、ちゃんとお上にお届けするんだぜ。

届けが出たからって、まぁそんなに大したことはしてやれねえが、万が一こっちで見つけたけどお前さん方のほうから届けが出てなかったとなると、ちょいと面倒なことになりかねねえからよ——ああ、届けたって御番所のほうじゃあ大したことはできねえって話は、内密にな。そんなことをおいらが言ったなんて上役に知れると、こっちがやりこめられちまう」

「はい、ご親切を仇《あだ》で返すようなことは致しません——それでは、そろそろ先方へ参る刻限ですから」

女は笑みを含んだ声で返答すると、頭を下げてきた。

「ああ、無駄話に付き合わせて悪かったな。気をつけて行きな」

別れを告げた小磯の前を、女は小腰を屈めて通り過ぎた。

その後ろ姿に目をやりかけて——小磯は橋の中央部へ視線を転じた。ふと、誰かに見られている気がしたからだ。

通行する人々のうちこちらへ顔を向けている何人かが、慌てて目を逸らす。朝っぱらから町方役人なんぞに絡まれたのでは、とんだ災難だ。

が、そのうちの一人の目の逸らし方が、小磯の注意を引いた。ぎこちなかったからではなく、あまりにも自然であったからだ。

小磯の目を向けるのがほんの刹那《せつな》遅れていたならば、こちらを見ていたことすら気づかなかっただろう。

――職人だろうか。

見たところは、居職《いじょく》（簪《かんざし》作りなど屋内でする仕事）の職人のような格好をしている。歳は、先ほど小磯が声を掛けた女と同じぐらいであろうか。

――仲間か。

二人が別々なところにいたのは、小磯の「行方知れずになった者の手掛かりを捜しているのでは」という勘が当たっていたとするなら、手分けをしていたということで別に不思議なところはない。しかし、女が小磯に捉《つか》まって話の相手をさせられていると気づいても近づいてこなかった点には、どこか後ろ暗いものを感じさせた。

――やっぱり、何か裏がありそうな……。

何食わぬ顔で、視線を遠ざかっていく女に戻す。尾《つ》けようとして――一歩足を踏み出す前に断念した。

――野郎のほうに勘づかれちまう。

こちらの目から逃れかけた身のこなしからすると、相当の腕だと思われた。

すると、しょっ引くだけの理由がない今は、黙って見逃すよりないことになる。ドジを踏んで警戒されてしまえば、先々期待される成果までこの一瞬で失いかねない。

今は、あの二人の人相を、しっかり頭に叩き込んでおくだけで満足すべきだった。

――あばよ。またそのうちにな。

橋を渡り終え、他の通行人の陰に消えていった女の背中へ向けて、心の中で告げた。

「いい女でしたねえ」

小磯の隣に立って同じ方向を眺めていた、供の小者がうっとりと言い掛けてきた。

「お前、口の端から涎《よだれ》が垂れてんぜ」

言い捨てて、小磯は歩き出した。

一亮は、身支度を終えて己が住まう小屋から出ようとしているところだった。

共同の炊事場から自分で運んできた朝飯のうち、汁物と菜《さい》（おかず）は全て平らげたものの、飯は半分残して握り飯にした。それを包んで懐に入れ、腰には奥州の旅で持っていった竹筒《たけづつ》に、炊事場でもらった白湯を入れて下げている。

出掛ける支度は、これだけだった。

表へ出て戸を閉めたところで、背中から声を掛けられた。

「どこへ行く」

声で誰か判ったが、振り返らぬわけにはいかなかった。やはり、思ったとおりの人物だった。

「天蓋さま……」

天蓋は一亮の答えを待たずに次の言葉を発した。

「桔梗や健作もおらぬようじゃの——二人とも、早雪を捜しに出たか」

「……………」

「そしてそなたも、捜しにいくつもりか」

答えることができなかった。自分たちは天蓋から、「早雪の探索には耳目衆が当たるゆえ、そなたらは待機しておれ」と命ぜられていたのだ。

天蓋は溜息をついた。

「芽を摘む業なればともかく、人であれ芽吹きの気配であれ、何かを捜すとなれば桔梗や健作は耳目衆にとうてい敵《かな》うものではないとの自明《じめい》の理《り》が、判らぬか」

そして、一亮には桔梗や健作ほどの力もないこともまた、あまりにもはっきりとしている。

「申し訳ありません」

そう謝るしかなかった。

「桔梗たちとて、わきまえられぬ道理ではあるまいに」

苦虫を潰したような顔の天蓋に、我知らず申し開きを始めていた。

「行かずにはいられなかったのだと思います。健作さんが皆を川開きに連れ出そうとしたのは、自分がいつもに似ず鬱々《うつうつ》と考え込むようなまねをしていたから――桔梗さんはそう考えて、早雪がいなくなったのは自分のせいだと考えているのです。だから、自分の住まいでただじっと待っているなんてできなくて――」

天蓋は口を閉ざしたまま、仲間の代わりに弁解を続ける一亮を見ている。

「健作さんのほうは――皆を誘ったのが健作さんだから、責めは自分にあると思っています。なのに桔梗さんがお指図に背《そむ》いて捜しにいったとなれば、自分の小屋で大人しくしていられるわけがありません。

健作さんは、桔梗さんの手助けをしようとして――そして何より、もしお指図に背いたことで咎《とが》が与えられるなら、桔梗さんの分まで自分が重い咎を受けようとして、一緒に出たんだと思います」

「よく、桔梗が同道を許したの」

「桔梗さんのことですから、天蓋さまのおっしゃるとおり、最初は断っただろうと思います。けど、断られたなら健作さんは陰から付き従うだけ——それを知って、一緒に捜すことにしたんでしょう」

「それで、そなたも捜しに出るか」

問うてきた声は、なぜかそれまでより柔らかかった。

「吾では、桔梗さんや健作さんの足手纏いになるだけですから、ついていこうとは思いません」

桔梗と健作がそれぞれに責任を感じているように、一亮も後悔を覚えている。もし健作に委《ゆだ》ねられた自分がもう少し早く、しっかりと早雪の手を握っていれば、こんなことにはならずに済んだはずだった。

「そなたはそなたで別に捜すつもりであったか」

問われても、目を合わせることができずに、ただ俯いていた。

「なれば、行こうか」

何を言われたのか、すぐには判らなかった。聞き違いではないかと、顔を上げる。

「どうした、支度はできておるのであろう」

「……でも、天蓋さま」

「組子が皆動いておるのだ。小頭が出なくてどうする——さあ、行くぞ」

一亮に背を見せ、天蓋は先に寺の外へ向けて歩き出した。

三

天蓋に連れられた一亮は、両国橋の袂に立っていた。すでに陽は高くなり始めており、橋の袂に設けられた広小路ではあちこちから賑やかな呼び込みの声が掛かって、見物客が押し寄せている。

桔梗たちと一亮たちの橋を訪れる刻限が入れ替わっていたなら、あるいは臨時廻りの小磯がもう少し遅くに両国橋へ足を向けていたなら、事態は全く違った展開を見せていたかもしれない。しかしそれは、実際には起こらなかった別の話になる。

一亮は、天蓋のほうを振り向いた。

「ここで、何か見つかりましょうか」

天蓋の応えは、頼りなく感じられるものだった。

「はてな。もしそなたに別な心当たりがあるというなれば、そちらから始めてもよいぞ」

そんなものがあったなら、とっくに桔梗や健作へ話している。一亮は視線を落として、首を振った。

「では、橋へ参ろうか」

歩き出した天蓋を追いながら、一亮は「何を捜すのですか」と訊いた。

自分らはただここに来て、騒ぎに巻き込まれ、そして早雪が消えてしまったというだけだ。手掛かりとなりそうな何らかの痕跡が残っているとは思いにくい。

それでも自分は、やらないよりはマシだと思い定めて小屋を出るつもりになっていたはずだ。やる——その意志だけは、固い。

そして無駄とは思いつつも、探すに際しての心づもりが天蓋にあれば、と期待しての問い掛けだった。

天蓋は、ちらりと一亮を振り返って言った。

「捜すのは、そなたよ。拙僧は、まぁそなたのお守り役といったところかの」

応えを聞いて、正直なところ一亮は落胆した。

するとと天蓋は、足を止めて体ごと振り返ってきた。

「当たり前の捜し物をして、桔梗らも、耳目衆も見つけられなんだ物をそなたが捜し出せると思うか」

とうていできるとは思えない。一亮は力なく首を振った。

が、天蓋の声には意志の力がある。

「なれば、当たり前の捜し物ではなく、そなたにできる捜し物をすればよい」

「吾にできる……」

「そうでなくば、違命《いめい》を犯してまでこんなところへそなたを伴ったりせぬわ」

天蓋は一亮の肩に手を掛け、橋のほうへと押し出した。

一亮は、早雪が消えた晩のことを思い出しながら、橋の上をゆっくりと歩いた。

昼と夜との違いがあり、今も人通りは多いとはいえ川開きの晩のように橋全体が人でぎっしり埋まっているような状況でもないから、正確なところは判然としない。それでも、騒ぎが起きたときに自分らがいたのはだいたいこの辺りではないかと思えるところで足を止めた。

周囲を見渡し、しかし感ずるものが何もなくて、じっとこちらを見て立っている天蓋へと視線を向けた。

「ここでは何も感ぜぬか」

「はい……」

徒労に終わるだけという暗い予測が半分、何かが見つかればという期待が半分という心持ちだったが、やはりそう上手くはいかない。

しかし、天蓋にはまだ思うところがあった。

「なれば、もう少し進もうか」

「?」

不得要領《ふとくようりよう》な顔を向けてきた一亮に言った。

「一亮。そなたあの晩、騒ぎが起こる直前に芽吹きの気配を感じたそうじゃの」

人魂だ、という叫び声が上がる前だった。桔梗ら三人とともに群衆の中をゆっくりと移動していた一亮に、突然何か異様な感覚が肌へと触れてきたのだ。

「芽吹きだったのかどうか、はっきりとはしませんが……」

「騒ぎはその直後に起きた――なれば、やはり何かがあったのだろうよ。さぁ、騒ぎはそなたらの前方で起きたということじゃったの。なれば、もっと先へ進もうではないか」

天蓋に促され、一亮も再び足を進め始めた。

周囲に何かの気配が残っていないかを気にしながら、ゆっくりと歩んでいく。

「叫び声が上がったのはこの辺りでは」と思える場所からは、さらに気を入れた。

しかし、何も感じぬままにほとんど橋を渡り終えていた。一亮は落胆して足を止めた。

「駄目でした。済みません」

「謝ることはない。そなたは、己にできることを果たさんと、きちんと努めておる」

慰《なぐさ》められても、気が晴れるものではない。

「さあ、ともかく渡りきるぞ。こんなところでいつまでも足を止めておったら、橋番《はしばん》がやってくるからの」

大きな橋には橋番所《はしばんしょ》が設けられており、橋番と呼ばれる番人が詰めていた。前述のとおり永代橋の崩落以後は橋の上で立ち止まることを禁止するお触れが出され、あまり人通りが多くないときには大目に見られることもあるものの、それでも長いこと橋の上で立ち止まっていたなら、橋番がやってきて注意を受けた。

ましてや今二人が立っているのは橋の東詰、橋番所のすぐそばである。さっさと渡りきるのが、無用の注意を引かないための良策といえた。

橋を渡り終えた二人は、踵《きびす》を返して再び同じ橋を渡り始めた。「これで帰るのだろうか」と思った一亮だったが、反対側から渡る際にも感覚を研《と》ぎ澄《す》ませ、何かを感じ取ろうとした。

渡り終えて天蓋は「どうだ」という顔で見てきたが、やはり一亮は首を振るばかりだ。

「なればもう一度」

天蓋の言葉に、一亮は思わず「え？」と声を上げた。

「どうした、もう諦めたのか」

「いえ、やらせてください」

一亮は、気を引き締め直しながら言った。

天蓋は無言で手を突き出してくる。前の二度でもなされたことだったが、一亮は渡された一文銭二枚を握りしめた。

この時代、両国橋のような大きな橋では、「橋銭《はしせん》」などと呼ばれる通行料を支払わせるところが多かった。徴収した橋銭は貯められて、その橋の修繕や掛け替えの費用に充《あ》てられる。

この橋銭を徴収するのも、橋番たちの重要な仕事だった。橋銭を支払う義務があるのは庶民だけで、武家や僧侶は免除されていたから、二人は一往復半するのに六文払ったことになる。

再度両国橋の東詰に立ったが、やはり一亮に成果はなかった。

「しばらく、その辺を歩いてみるか」

西詰に劣らぬほどの賑わいを見せる東詰広小路をぐるりと見渡しながら、天蓋が呟いた。仰ぎ見てくる一亮へ語る。

「ぎっしりと人で埋まった橋の上で、西詰から渡ってきたそなたらの前方で騒ぎが起こった。なれば、騒ぎを起こしたモノは、この東詰のほうから近づいてきたと思うのが道理であろう」

一亮は、目を前方へ転じて「はい」と答えた。今度こそ、何かが残していった気配を摑まなければならない。

その心を読んだように、天蓋は静かに諭《さと》した。

「気負うなよ。ゆったりと落ち着いた心持ちでゆけ――ここからは、あるかどうかも判らぬ物を追って、当《あ》て処《ど》もなく終わりも見えぬままに歩き回ることになるのだ。気を張り続けて疲れ過ぎてしまうと、肝心なところでうっかり見逃してしまうことになりかねぬぞ」

「はい」

今度は、先ほどより落ち着いた返事ができた。


あの深夜の堂宇。また、評議の座の面々が集まっていた。

「天蓋の小組の者が、己らを追っている同心と鉢合《はちあ》わせしたとは、いったいどういうことかの」

取りまとめ役補佐である実尊から一同への報告に、怒りを込めた指弾《しだん》の声が上がった。実尊は自身が行っていた話を中断し、「知音殿」と弁明を求める。

無言で報告を聞いていた知音は、指名を受けてようやく口を開いた。

「今のお話のとおり、『鉢合わせをした』ということにございます。ただ行き合わせただけで、先方はその組子が追っている当の相手だということも知りませぬ」

「しかしその組子は、なぜに町方同心などと行き合わせるようなことに。その同心に気づかれぬよう、見世物小屋で舞台に上がることも控えさせるなど、くれぐれも慎重に振る舞わせておったはずではないか」

ここで、脇から発言する者があった。ここ半年ほど、常に知音と対立しているような印象が強い、樊恵である。

「天蓋のところの組子がその同心と行き合わせた場所は、両国橋の上。つまりは、早雪の行方を捜していたということであろう」

南町奉行所の臨時廻り同心が討魔の業に気づきかけているということが判明して以来、その同心には耳目衆の監視の目が張り付けられていた。つまり桔梗は、臨時廻り同心の小磯に声を掛けられた時点で即座に、何をやっているのか評議の座に筒抜《つつぬ》けになってしまったのだった。

「早雪を捜しておった？　――それは、耳目衆に任された仕事であろう。天蓋の小組には、待機が命ぜられていたはずでは」

「知音殿」

再び、実尊から弁明せよとの指図が下る。

「確かに、天蓋の小組には待機が命ぜられておりました。しかしながらその後、早雪を見つけた場合には必ずしも連れ帰るのではなく、別な処断が下されることもあり得るとの決めごとが、この場でなされております」

「だから何だというのだ。自分らで先に見つけて、我らから身柄を隠そうとでも考えたか」

追及に、再び樊恵が口を出す。

「大事なことは、それだけではない――知音。そなた、『評議の座で新たな決定がなされたゆえ、天蓋のところの組子が我らよりの指図に逆らった』と申したな。

つまりは知音。そなた、この評議の座の決定を、許しもなく他へ漏らしたということか」

「いえ、そんなことはしておりませぬ――しかしながら、我が態度を見て、天蓋あたりが察しをつけたということはあったやもしれませぬ」

「また己の勝手な所行を、弁《べん》を弄《ろう》して誤魔化そうとするか！」

樊恵の怒声に、取りまとめ役の万象が被せる。

「態度で心の内が見透かされたなれば、知音、それはそなたの修行不足よな」

「真にお恥ずかしき限りでござります」

知音は深く頭を下げた。一座の最上位者から未熟を指摘されるという失態を演じたわけだが、その一方、樊恵による怒りを込めた指弾は矛先《ほこさき》を鈍らされることになった。

果たして、万象の真意は奈辺《なへん》にあるのか……。

声を落ち着かせた樊恵が、意地悪く問う。

「で、知音。評議の座よりの指図に背いた天蓋のところの組子を、そなたいかにするつもりだ。まさか、不問に付すなどという戯言《ざれごと》を口にはすまいの」

ここで知音は体ごと向きを変え、樊恵を真正面から見た。

「いえ、不問に付すつもりはございませぬが、しばらくの間は、あの者らがどのような成果を上げるか見守るつもりでございます」

「なにをっ。知音、そなた正気か」

激怒する樊恵へ、知音は感情を交えぬ口調で語った。

「早雪を探して動いておるのは、桔梗と健作——天蓋のところの元からいた組子だけではございませぬ。天蓋自身と、天蓋が連れてきた小僧の一亮も、桔梗らとは別に動き始めております」

「そなた、いったい……」

己が看過黙認《かんかもくにん》した逸脱をあまりに堂々と話す知音に、樊恵も言葉がない様子だ。知音は、淡々と続けた。

「これも、我ら評議の座が新たな決め事をした結果――早雪が消えるという騒ぎが起こる直前、一亮は芽吹きやもしれぬ気配を感じ取っておりました。我らが、早雪について芽吹きたるモノに利用される恐れありと危ぶみ、万が一そのような仕儀となったときには処断を考えねばならぬと決した以上、早雪は何としても早々に見つけ出さねばなりませぬ。

ゆえに、天蓋らは自らも早雪を見つけ出さんと動き出した次第。なにしろ我ら評議の座、討魔衆、耳目衆の全てを合わせた中で、他に抜きんでて早雪と接しておったのが天蓋らの小組にござりますからな。誰かが見つけるなれば、それは自分たちだと考えて当然にござりましょう」

いまだ一同に遠慮のある取りまとめ役補佐の実尊が、さすがに今の知音の言に驚いて声を上げた。

「待て、知音。そなた、早雪が消えたときに、あの小僧が芽吹きの気配を察したと申したな。なぜそれを、今に至るまで我らに明かさなんだ。そは、重大な背信行為ぞ」

「いえ、愚僧が申したは、芽吹き『やもしれぬ』気配にござります。芽吹きそのものので間違いないか定かでないというばかりでなく、何らかの気配があったこと自体も不確かだと、一亮は申しておりました。

なれば、皆様にお知らせするのは尚早《しょうそう》であろうと存じました。なにしろ、そのような話が出る前から、早雪の処断が議論されるほどでございましたからな。不確かな話を因に早雪の命運が定められかねぬとすれば、それを判っていながら口に出すほうが誤りではないかと思えてなりませんでした」

「……たとえそうであってもなお、そなたはこの場の皆に知らせるべきであった。そうは思わぬか」

樊恵の声が低くなっているのは、むしろ危険な兆候だった。が、知音は怯《ひる》まない。

「今が常の状況ならば、樊恵様のおっしゃるとおりやもしれませぬ。しかし、我らの下にはすでに弐の小組はなく、その代わりを勤めるべき天蓋の小組には、いまだ万全の信を置けずにおりまする。

その天蓋の小組に光明あるとすれば、鍵を握るのは早雪――樊恵様、そうではございませぬか？　早雪あってこその天蓋の小組と、樊恵様もご判断なされたのではございませせなんだか」

「それは、早雪が芽吹きたるモノに利用される恐れありなどという事態になるとは思いもせなんだからだ――こうなってしまうと、たとえ早雪を無事に連れ戻せたとしても、あの娘を江戸に残し天蓋の小組に組み込むという判断自体を再検討せねばならぬやもしれぬな」

「いずれにせよ、早雪を見つけた上でのことにございましょう」

「さよう。そして、いずれにせよ早雪を見つけ出すのは耳目衆の役目。天蓋の小組には、これ以上事態を悪化させぬよう、大人しくしていろと厳しく申し伝えておけ。そなたらの処罰は、追って沙汰すると言い添えての」

　樊恵の先達としての命に、しかしながら知音は肯《がえ》んぜなかった。

「いいえ、申し訳ありませぬが、そのお言葉には従えませせぬ」

「知音。そなた、ここに至ってもなお――」

「先ほど申し上げましたとおり、早雪が芽吹きたるモノに利用されることへ皆様が大いに危惧を抱いておるなれば、早雪は一刻も早く捜し出されなければなりませぬ。そして、そうした危惧が現実にあり、なおかつ実際に芽吹きの気配が早雪の消えた場で生じていたかもしれぬとなれば、耳目衆よりも天蓋の小組こそ探索には適任のはず。

　なんとなれば、芽吹きの気配を察知する能力にかけてなら、天蓋の小組の組子たる一亮が、耳目衆の誰よりも図抜けた才をもっているからです」

樊恵は、視線を一座の取りまとめ役へ向けた。

「万象様。愚昧は、反対にございます。知音のやり口は、あまりにも評議の座を軽《かろ》んじておりまする。これを許しておけば、我らの先達が営々と築き上げてきた討魔の仕組みを崩壊させてしまうことになりかねませぬ」

樊恵の訴えをじっと聞いていた万象は、ようやく口を開いた。

「早雪は、どのような手立てを取ってでも、一刻も早く見つけ出さねばならぬ」

「万象様！」

樊恵の抗議の声を無視して続ける。

「しかし、知音による度重《たびかさ》なる独断専行の上でのこたびの振る舞い、見逃すわけにはいかぬ――天蓋の小組の手で早雪が見つかろうとも、知音をいかにするかは、改めて皆で議論せねばならぬ」

とりあえずは、知音が勝手に進めた形のままで、早雪の探索を続けるという判断だった。知音が、満足そうに万象へ、ついで皆に向かい頭を下げた。

「ありがとうございまする。これで、早雪がたとえ見つからなくとも後悔することだけはなくなりましてござりまする。

我が処断は、どのようなものでも甘んじて受ける覚悟にござりますれば、まずは皆様、早雪探索に万全のご助力をお願い申し上げます」

万象は、いまだ不満げな顔を隠そうともしない樊恵へ視線を転ずる。そしてまた言葉を発した。

「早雪を早々に見つけ出さねばならぬのには、理由がある――耳目衆より、芽吹きらしき事例が見つかったとの報告が参った」

「このようなときに……」

一座の中の誰かが、茫然《ぼうぜん》と呟いた。

知音の目がキラリと光る。このような時期に芽吹きらしき気配が見つかったのは、ただ偶然が重なっただけのことなのか――知音の第六感は、大きな警告をがなり立てていた。

四

江戸は当時すでに人口百万を超える大都市だったと言われるが、人口が密集した町中でありながら、周囲に人家がほとんど見当たらないような寂しい場所もところどころ見られるのは、人の力では容易に変えられぬ地形になっていたり、よんどころない人の側の事情があったりするためだった。

千代田のお城の内濠《うちぼり》が東西方向から南の方角へ屈曲する部分からは、それまでのお濠を延長するかのように東へ流れていく堀川が分岐している。日本橋北と神《かん》田《だ》との境に近いこの堀川は、神田堀《かんだぼり》と呼ばれていた。

幕末も明治維新《めいじいしん》にほど近いころには堀の両側はいずれも町家となるが、この物語の時代だと、堀の北側にはほとんど建物の建てられていない草地が延々続いていた。その幅は、優に通常の町人町《ちようにんまち》一つ分ほどもある。大火災が起こったときにさらに燃え広がるのを防ぐための、火除地《ひよけち》と呼ばれる空き地だった。

六月の朔日《ついたち》。二人肩を組んで大きな声で話をしながら歩いてきた男たちが、白《しら》幡稲荷《はたいなり》の前で立ち止まった。弥太郎《やたろう》と喜多七《きたしち》という、同じ親方の下で働いている大工たちだ。

「なんでえ、こんなとこで止まりやがって。小便《しよんべん》でもしたくなったかい。でも、ここはマズいぜ。お稲荷さんで立ち小便したら、罰《ばち》が当たっちまわぁ」

相手に引きずられるように自分も足を止めさせられた喜多七が、相方の弥太郎へ言った。

「そうじゃあねえ、そんなことはしねえや。俺っちの家は、こっから右、亀井《かめい》町《ちょう》のほうになるんだよ」

「ああ、そうかい。じゃあ真っ直ぐじゃなくって、右へ曲がりゃあいいんだな」

「おいおい、お前さんの家は、こっからまだ真《ま》っ直《つ》ぐだ。橋ぃ渡ってずっと真っ直ぐ、突き当たりの横大工町《よこだいくちょう》の中だぜ」

「ああ？　俺ん家は、まだ真っ直ぐだって？」

「そうだよ――大丈夫《でえじょぶ》かい。自分の家が、判るかい？」

「なぁに馬鹿なことぉ言ってけつかる。だぁれが手前の家も判らねえってんだ。お前、相手を見てものを言えよ」

「ああ、判った。悪かったなあ。お前さんなら、ちょいと酔ったぐれえで手前の家が判らなくなるようなこたぁねえやな」

「そうだ、そのとおりだ」

「なら、ここでお別れだ。ちゃんと帰《けえ》りなよ」

「あれっ、お別れだって？　冷てえねえ。さっきまで一緒に仲よく呑んでたのに、もう付き合えねえってかい」

「何言ってんだ。酒はもうお開きにして帰ろうって、さっき見世ぇ出てきたとこじゃねえか。これから俺っちもお前さんも、それぞれの家へ帰るんだよ」

「そうかい、今日はもうお開きかい。家へ帰るんだったなぁ」

「そうだよ、家へ帰るんだよ。ちゃんと帰りなよ」

「おうっ、任せとけえ」

弥太郎を置き去りにした喜多七は、独りフラフラと神田堀の橋のほうへ歩き出した。

弥太郎は、提灯《ちょうちん》の火を貸してやろうと呼び止めかけてやめる。向こうも畳んだ提灯を胸に突っ込んではいるが、あれだけ酔っている男に火の点いた物を持たせることを危ぶんだのだった。

──月はねえから星明かりばかりの真っ暗闇だけど、まあ近えし、大丈夫か。

そう心の中で独りごちて、自分の行き先のほうへ体の向きを変えた。簡単に考えたのは、弥太郎のほうも相当酔っていたのだと言える。

独りになった喜多七は、神田堀に架かる乞食橋《こじきばし》を渡った。

堀から先の左右は、半町（五十メートル強）近くも火除地が広がる。道に影を射す建物はなくなったのに、却《かえ》って闇の暗さが増したような気がした。

それでも、酔っている男は気にもしない。鼻歌を唸りながら足を進めようとして――正面に、明かりが灯っていることにふと気づいた。

――なんでえ。こんな夜中に、向こうっからやってきた野郎がいやがるのかい。

俺をどかそうなんぞ、太《ふて》え野郎だとばかりに見上げた視野に、ぼんやりとした明かりが映った。

「え？」

喜多七は、口を開けたままその場で固まってしまった。さっきまでいい気分にさせてくれていた酒は、一瞬でほとんど醒めてしまったようだ。

目の前には、人の背丈ほどの高さに明かりが一つ浮かんでいた。しかし、その背後に人の姿はない。こんなところに灯籠《とうろう》を建てる物好きはいないが、無論のことそんな物も建ってはいなかった。

明かりが一つだけ、何の支えもないまま、ぼんやりと宙に浮かんでいるのだ。

「ひ、人魂？」

自分の出した声だとは思えぬほどに、掠《かす》れていた。

と、目の前の明かりが、急に自分のほうへと近づいてきた。

「ひっ」

思わず後ずさる。それでも、明かりはまだこちらへと寄ってくる。

「わわっ」

逃げる足取りが早まった。しかしながら宙に浮かんだまま近づいてくる明かりから目を離すことができず、顔を後ろへ向け続けた状態で足を急がせる。

——こんなんじゃ追いつかれる。

そう思った喜多七は、思い切って向き直り、本気で走ることに決めた。後ろで明かりがどうなっているのか見えないのはそら恐ろしいが、追いつかれてしまうよりはずっとマシだ。

走る方向へ顔を向け終えたとき、足がまた橋板を踏んだ感覚があった。

「うわっ」

前を向いた喜多七は、仰天《ぎょうてん》して目を見開いた。

後ろから自分を追ってきていたはずの明かりが、すぐ目の前で灯っていたのだ。

慌てて足を止めようとしたが、酔いが回っていたためか、あるいは驚いたせいか、足がもつれてよろめいた。

「ああ……」

そのまま、橋から堀川の中へ落っこちてしまった。

仲間と白幡稲荷の前で別れた弥太郎は、その喜多七が帰っていった方角で何か音がしたような気がして足を止めた。何かあったかと目を凝《こ》らす。

すると、喜多七が渡っていったはずの乞食橋の上に、明かりが二つほど灯っているのが見えた。

――まだあんなとこにいやがったか。

酔っ払いめと舌打ちする。視線の先では、二つ灯った明かりが橋の両端に分かれていくのが見えた。

――誰か通りがかりのお人に、提灯の火を分けてもらったかい。

それができたなら、酔いもずいぶんと醒めてきたということになろう。

「おいらも早く帰って寝なきゃぁな」

明日も、朝は早い。向こうが大丈夫なら、こっちもさっさと塒《ねぐら》へ戻って明日の仕事に備えるべきだ。

弥太郎は、己の住む長屋のほうへと体の向きを変えた。深夜とはいえ一年で一番暑い季節のはずなのに、なぜか薄ら寒いような心持ちがした。

――畜生《ちくしょう》、こんなだと飢饉《ききん》はまだ続きやがるか。

心の中で悪態をついたが、北の国々で目を背《そむ》けるほどの凄惨《せいさん》な事態になっているなどとは思いもせぬまま、酔った足を急がせた。


喜多七が神田堀から水死人として見つかったのは、翌朝のことだった。

弥太郎は、「喜多七の野郎をきちんと家まで送ってやるべきだった」と後悔したが、それでは己が見たあの二つの明かりは何だったのかと考えてしまう。しかし、得心できる答えは一つも思い浮かばなかった。

もし、あの二つの明かりがいずれも通りがかった人で、喜多七が堀へ落ちるところを見て提灯で下を照らしていたのなら、その場で大声を上げて辺りに知らせようとしたはずだ。それがなかったから、自分は喜多七が堀に落ちたことにも気づかずに、そのまま家へ帰ってしまったのだ。

水死人となった男が堀に落ちる直前に別れたという弥太郎の話を聞いた定町廻りの同心は、いちおうはざっと調べてみた。なお、すでに月が変わり月番は南町奉行所となっている。この同心は、神田から高輪《たかなわ》辺りまでを受け持つ、南町の定町廻りで一番の腕っこき綾部猪四郎《あやべいのしろう》であった。

まず、弥太郎以外に当時の状況を見ていた者はいなかった。すでに皆が寝静まっている刻限で、なおかつ人家もない辺りだとなれば、これは仕方のないことだ。

次に、弥太郎が嘘をついている形跡があるかどうかも調べたが、これも疑いはすぐに晴れた。弥太郎は正直者でどちらかと言えば小心なほう、綾部の目を誤魔化すほどの肝の太さはなさそうだ。

では、弥太郎が目撃した二つの明かりは何なのだ、ということになる。

あるいは喜多七を襲った物盗《ものと》りが持っていた提灯かと考えてみたものの、中身の少ない巾着は、そのまま水死人の懐に残されていた。弥太郎に訊いても二人を使っている親方に訊いても、他に喜多七が金を所持していた様子はない。

それなら、何らかの悪事を働いた人間がばったりと喜多七と会ってしまって、口封じに殺したという線を考えてみた。しかし、当夜乞食橋近辺で凶悪な事件が起こっていたという報告はなく、喜多七の周囲にもそこまでのことをしでかしそうな人物は見当たらなかった。

結局綾部は、酔っ払った喜多七が誤って足を踏み外して堀に落ちたと結論づけた。弥太郎が見た明かりらしきものは、ただの見間違いか、それとも生まれる場所を間違えた蛍《ほたる》か何かだったのだろうとしている。

それから数日後、今度は乞食橋から二つ東側の、今川橋《いまがわばし》で水死人が出た。溺《おぼ》れ死《じ》にが二つ立て続いたが、やはり死に方に不審な点はなかったため、今度も綾部は当人が誤って落ちたと判断した。

綾部がやったのは、周辺にある自身番《じしんばん》の親父に、「夜中に酔っ払いを見掛けたら、注意するよう声を掛けてやれ」と指示したことだけだった。

その死人が出た折、「溺れ死んだ者の魂が抜けて空を飛んでいた」という噂が流れたのに、気づくことはなかった。

二人の死人が出たのと同じ神田堀の深夜。場所は、今川橋からさらに二つ東側に架かる地蔵橋《じぞうばし》でのことだ。

火除地の中を通る道に、フラリと一つの影が立った。人影は、まるでただの棒を真っ直ぐ立てたように細長い。一本棒の人影は、酔ってでもいるのか、手ぶらでフラリフラリと揺れながら足を進めていた。

棒の途中からさらにずっと細い棒が枝分かれしているのは、どうやら刀を差しているからららしい。つまり歩いてくるのは、主持ちの武家か浪人者のようだった。

紺屋町《こんやちょう》二丁目のほうから歩いてきた一本棒の侍は、神田堀に何本も架かる橋の中で、真ん中辺りに位置するこの地蔵橋へ向かって、そのまま足を進めていた。

己の左右は一段下がった草地になっていて、虫の集《すだ》く声以外には何も聞こえない。人家はもう背中のほうだから、人々が寝静まっているというよりは、全く人《ひと》気《け》がないといったほうが相応《ふさわ》しい場所だった。

すると己の前方、ちょうど橋の袂の辺りに、ボウと明かりが一つ灯った。

一本棒の侍は、わずかに足取りを緩めて前方を凝視する。

明かりに揺れている様子はない。すると、誰かが提灯を持ってこちらに近づいてきているわけではなさそうだった。

さらに近づくと、その明かりは人が手にする提灯でも、灯籠の火でもないことがはっきりしてきた。ボウと暗く灯る明かりは、風に揺れることもなく宙に浮かんでいるのだ。

一本棒の侍は足を止め、背後を振り返った。

いつの間にか、己の背後にも同じような明かりが一つ灯っていた。場所は、町家からこの火除地へわずかに踏み入った辺りだと思えた。

道の前後を、宙に浮かぶ明かりに挟まれたことになる。

「なんで俺らが、確かでもねえとこへ出張らなきゃならねえんだと気にくわなかったけど、こいつは確かに芽吹きのようだ」

一本棒の侍は、小声で呟いた。もし近くで耳にした者があったなら、舌なめずりをしているように聞こえただろう言い方だった。

一本棒の侍はその場に立ったまま、わずかに腰を落とした。左手を刀の鍔元《つばもと》へ、右手を柄《つか》に置く。抜刀できる体勢になったのだ。

それを待っていたように、橋の上の明かりがゆっくりと近づいてきた。

左足を引いて半身になり、背後を覗う。

町家のほうの明かりも、やはり接近しつつあるようだった。

——挟み撃ちかい。

一本棒の侍は、「まあ当然だろうな」と思う。前後を塞がれたときから、予測していたことだった。

前後の明かりは、ますます近づいてくる。

どのような攻撃がなされるか、一本棒の侍は警戒を強める。腰の刀を引き抜いた。

そのとき、なにかをブツブツと唱《とな》える声がどこかから響いてきた。何を言っているかは全く不明だが、何かの呪文《じゅもん》かお経のように聞こえた。

――小頭。

一本棒の侍はわずかに意識に乗せただけで、すぐに前後の明かりだけに神経を集中し直した。

明かりは、さらに近づく。

と、一本棒の侍が、不意に刀を振り上げた。そのまま反転すると、上げた刀を翻《ひるがえ》して振り下ろす。

そのまま残心《ざんしん》（斬り終わりの位置に刀を置いたまま、次に来る攻撃に備える姿勢）に取り、周囲の気配を覗っているようだった。

一本棒の侍が刀を二閃《にせん》させ終わったとき、侍の前後から触れんばかりに迫ってきた明かりはいずれも消失していた。

一本棒の侍が残心を崩さずにいても、新たに明かりが生ずる気配はない。

ついに、一本棒の侍は構えを解き、刀を下ろした。

ほとんどないに等しい星明かりを刀身に反射させて曇りを確かめ、懐から懐紙《かいし》を出して拭《ぬぐ》った上、再度刀身を確かめた。

フンと、気に入らぬように鼻息を一つすると、使った懐紙を懐に捻《ね》じ込《こ》み、刀を鞘《さや》に納めた。

「手応えは」

不意に、背中から声が掛かった。いつの間にか、がっちりとした体つきの僧侶が立っていた。

「斬りはぐったのかと思ったほど何もねえ。それに、刀にも曇り一つ付いちゃいねえ」

一本棒の侍が、吐き捨てるように応える。

二人はそのまま、火除地が広がる西のほうへ目をやっていたが、期待したものは結局得られなかったようだ。

「向こうも、不首尾であったようだの」

「小頭、それはいったいどういうことだ。あれは、芽吹きではなかったと申すか」

一本棒の侍が、小頭と呼んだ僧侶に迫った。

「戻るぞ。今宵は、これまでのようじゃ」

僧侶はそれだけ告げると、背を向けて道を戻り始めた。

一本棒の侍は刀を腰に据え直し、不満げな面つきながらも何も言わずに僧侶の背に従った。

五

深夜のあの堂宇。評議の座では、取りまとめ役補佐の実尊により、前夜の首尾が報告されていた。

神田堀で芽吹きかもしれぬ人死にが立て続いたとの耳目衆からの報告に対し、討魔衆壱の小組が出されたのだ。

弐の小組が壊滅するまで、確かならぬ場には天蓋の小組を出すということで座の意見は一致していたのだが、その天蓋の小組が早雪の行方の探索に当たっているため、壱の小組のほうへお鉢が回ったのだった。

――討魔衆に天蓋の小組を組み入れるまではやっていたことゆえ、苦情も出まい。

評議の座は、そう判断した。また評議の座の面々は、「弐の小組が壊滅した今、天蓋の小組をその代わりとして使うつもりなれば、これまでのように半端仕事だけ押しつけるわけにはいかぬ。なれば壱の小組にも最前のように半端仕事の一端を」という思惑も秘めていたものと思われる。

「で、芽は摘めなんだと?」

実尊による報告が済むと、一座の中からすぐに問いが発せられた。

「顕れたる奇《き》っ怪《かい》な明かりは斬り伏せたとのこと。芽吹きについては──明かりに対処したる組子以外の残る組子で捜したものの、付近におる気配はなかったということでござった」

「そは、いかなることか。こたび壱の小組が立ち向かったのは、芽吹きではなかったと?」

「少なくとも芽吹きたるモノはいなかった──今のところ、そう申し上げる以外にはござりませぬな」

続く問いは、知音より放たれた。

「で、その奇っ怪なる明かりとは、どのような?」

「光っておった何かが、斬ったら消えたと。ただ、それだけにござる」

「その明かりの有り様は」

今度は、答えが返るまでややときが掛かった。あまりにも妙な話であるため、実尊は受けた報告をそのまま口にするのを躊躇ったようだ。

「それが、ただ光っておるだけのように見えたものが、刀を振るうまでに間合いを詰めると、形があることに気づいたと申しておった――明るんでおった物は、まるで梵字《ぼんじ》（仏典の原語であるサンスクリットの表記で使われる文字）のように見えたとのこと」

「宙に浮かび、光る梵字。しかも、ごく近くまで接近せぬと、ただの明かりにしか見えない……」

「知音。何か心当たりでもあるのか」

考え込んだ知音に、樊恵が問うた。

「いえ、確かなものではございませぬが――両国橋で早雪が消えた騒ぎが起きたとき、上がった叫び声によれば、騒動の因は人魂だったというのを思い出しただけにございます」

「人魂……それが、こたび芽吹きを疑われたのと、同じモノだとそなたは申すか」

「はて。今のところ、そうやもしれぬとしか申し上げられませぬ。少なくとも、『偶々《たまたま》似たモノが顕れただけ』と打ち捨てるのは早計にございましょう」

「して、その明かりの正体は」

「芽吹きに間違いなくば、芽吹いたる鬼の操るモノにございましょう。しかも、壱の小組の組子が辺りを探っても見つからなんだということは、あるいは遠隔地からの操作」

「……見もせずに、操ったと申すか」

「このごろの芽吹きの変化を考えれば、ないとは断ぜられますまい」

「芽吹きたるモノがおらぬ場で芽吹きの所行が行われるとなると、いったい我らはどうすれば……」

取りまとめ役補佐の実尊が、茫然とした口調で思わず呟いた。

気を確かに持てと、樊恵が口を出す。

「まだそうだと決まったわけではない」

「さよう、その疑いあり、というだけにございますからな」

同意した知音を、樊恵は見やった。

「で、策は？」

問われた知音も、厳しい顔になる。

「はて——今のところは耳目衆が芽吹きを疑い、壱の小組を差し向けた場へ一亮をやって、何か感ずるものがあるかを探らせるくらいでしょうか」

一座の中から異論は出なかった。前回の話し合いでは、天蓋の小組が勝手に早雪の探索に動いたことを問題視する風向きが強かったが、ことここに至り、天蓋らの行動は済《な》し崩《くず》し的に黙認される流れになったようにも思える。

「しかし、知音よ」

一座の風向きを読んだ樊恵が、警告の意味を込めて呼び掛けた。知音は拝聴の姿勢を示す。

「もしこたび芽吹きを疑われた場での出来事が、早雪が消えたときと同じモノの仕業となったなれば——判っておろうな」

——もし早雪が芽吹きたるモノに利用されているようならば、早雪自身に芽吹きの気配がなくとも処断の対象と為《な》す。

樊恵が強硬に主張し、一座の決定としては保留されているものの、いまだ却《きゃっ》下《か》はなされていない意見であった。もし実際に早雪が芽吹きたるモノに利用されるという事態が生じていれば、一座は樊恵の意見に一も二もなく同意するかもしれない。

早雪の失踪とこたびの芽吹きを関連づける考えを示した――すなわち、早雪が芽吹きたるモノに連れ去られたとの印象を皆に強くさせた知音は、真っ直ぐ樊恵を見返して言った。

「はい、確かに。しかしながら愚僧は、たとえ早雪が芽吹きたるモノに囚われていたとしても、樊恵様が恐れるようなことになっておるとは、限らぬとも思っておりますので」

――そのためにも、芽吹きたるモノの思うがままに利用されるようなことになる前に、早雪を救い出さねば。

平然と発言した顔の裏側で、知音は抑えきれぬ焦燥《しょうそう》を覚えていた。


天蓋と一亮は、今川橋の袂に立っていた。壱の小組が出張る前、芽吹きの疑われた二件目の水死人が出た場所である。

刻限は午《ひる》を過ぎたばかりというほど。水死人が出たのとは、正反対の刻限だった。

一亮は、両国橋のときと同じように、橋を往復してみた。この程度の橋には橋番所がなく、橋賃が掛からないところがほとんどだから、全く気兼ねすることなく行き来ができる。

さらに、橋の北側、左右が火除地になっている道の部分も注意深く歩いた。壱の小組が出向いた地蔵橋はもう確かめた後であり、ここが二カ所目だ。

「どうだ」

天蓋の問い掛けに、一亮は黙って首を振った。懸命にやったつもりではあったが、どうしても「これ」と思えるような感覚を得るには至らなかった。

今年の正月、一亮は向島で、自分では何のことやら判らぬままに、芽吹きの気配を捉えてその後を追うことができた。しかしこたびは、何かをほんのわずかに感じるような気がするだけで、どうしてもそれをしっかりと摑むことができない。

あるいは今覚えているほんの微かな気配も、早雪を一刻も早く見つけてやりたいという己の願望が、生じさせている錯覚《さっかく》なのかもしれなかった。

――吾の能力は衰《おとろ》えているのか。

焦りと、落胆を感ずるばかりであった。

「力足らずで済みません」

一亮は項垂《うなだ》れる。

「いや、そなたの力が足らぬからではあるまい」

奥州の山奥に孤立した村や、東海道《とうかいどう》の神奈川《かながわ》宿《しゅく》の手前で一亮が見せた能力は、たとえ早雪の助けを借りていたとはいえ、とても力足らずだと評せるようなものではない。むしろ、自分が初めて出会ったときよりも、一亮の能力は徐々に増しているように思われていた。

「では、なぜ」

己が十分な力を発揮するための糸口を求め、縋《すが》るように訊いてきた。

天蓋も、はっきりとした答えは持っていない。

「はてな。同じ芽吹くモノでもその形態や行状が様々であることは、そなたもこれまで見てきたとおりじゃ。なれば、周囲で感じ取ることのできる気配を強く出すモノと、その気配がごく薄いモノがおるのやもしれぬ」

そこまで言って一拍おき、さらに「あるいは」と口にした。

「あるいは？」

言い掛けてやめようとした天蓋を、一亮が促す。どのような話であれ、己が早雪を発見する手掛かりになるなら、聞き逃すつもりはなかった。

天蓋は、いつもに似合わず話に食いついてくる態度を示した一亮を、じっと見ながら返事をした。

「壱の小組が地蔵橋で芽吹きと疑われる事象に接したとき、肝心の芽吹きたるモノがどこにも見当たらなんだという話は、そなたも聞いておろう。なればあるいは、芽吹きたるモノ自身はこの場に顕れてはおらぬため、そなたが気配を摑めぬのではと思うたのよ」

「でも、ここに人魂らしきものが顕れたのでしょう」

「芽吹きたるモノは、ここより遥かに離れたところから、その人魂らしきものを操ったのやもしれぬと、知音様が言っておられた」

「では、その人魂らしきものとは？」

「さてな――これも確かな話ではないが、あるいは使《つか》い魔《ま》のようなモノやもしれぬな」

一亮は、聞き慣れぬ言葉に戸惑い顔になった。

「使い魔……それは、吾が以前天蓋様に、なぜ皆様は『討鬼』ではなく『討魔』と名乗っておられるのかと尋ねたときに、『我らの真の務めは魔を討つことにある』とお答えになった、その『魔』なのですか」

天蓋はこのとき一亮へ、「鬼の跳梁跋扈《ちょうりょうばっこ》を赦《ゆる》せばやがて魔が生まれ、この世は滅びる」と断じていた。ところが先ほどの天蓋の口ぶりには、さほどの危機感を感じなかったための戸惑いであり、問いであった。

「いや、使い魔には『魔』という文字が入ってはおるが、我らが恐れておる本当の魔、すなわち魔王ほどの力があるわけではない。使い魔は、言い方を変えれば使役霊《しえきれい》、己の主の命に従い様々な仕事をする、神霊や小鬼のようなものよ」

「使役霊……」

「修験道《しゆげんどう》の祖と言われる役行者《えんのぎようじや》が、山中で前鬼《ぜんき》、後鬼《ごき》という名の二匹の鬼神《きじん》に水汲みや薪《まき》拾いなどの雑用をさせておったという話を知っておるか。あるいは、花山《かざん》天皇や一条《いちじよう》天皇の御代《みよ》（十世紀後半から十一世紀初頭）に活躍した陰陽師《おんみようじ》の安倍晴明《あべのせいめい》が、雑用や警固の任のため、一条戻橋《いちじようもどりばし》の下に住まわせていた式神《しきじん》というものを使役しておったことは。

たとえばこれらは、使い魔の一種だと考えてよかろう。他にも、狐憑《きつねつ》きなどで人に憑かせる憑き物使いが使う憑き物、かつての密教《みつきよう》系の高僧が仏法により呼び出し、仏敵《ぶつてき》（仏の教えに敵対するもの）からの警固を任せた護法童子《ごほうどうじ》といったものも、使い魔と同類と言ってよいのかもしれぬ――まあ、憑き物と護法を一緒くたにしては、お叱りを蒙《こうむ》りそうじゃがの」

天蓋の話に出てきた人の名前や、使い魔の類《たぐい》と言われた個々の名称はよく判らなかったが、ともかく「使う人の用事をこなしたり身を守ってくれたりする、人ではない存在」らしいことは何となく判った。

「そのような神霊を使っていたとなると、芽吹いたモノとは別ということはないのですか」

「はてな。芽吹きたるモノに使われるような使い魔があるのやもしれぬし、鬼と化した際に、使い魔を使えるような芽吹き方をしたということかもしれぬ。あるいは、もともと使い魔を使う能力を持った者が、その力を保持したまま鬼と化したということもあり得よう――ただ、そなたが申したように、芽吹きとは関わり合いのない、単なる使い魔の使役者だという考えも捨てきれぬ。

ただし、そもそもここらの水死人が出たときに目撃された人魂らしきものが、ホンに使い魔の類かどうかも定かではないしの」

要するに、まだ何も判らないということだった。

天蓋は、気を取り直して宣する。

「さあ。それでは、最初の水死人が出た橋へも行ってみようか。ここまで来て足を延ばさずに帰るわけにもいくまい」

一亮は「はい」と応じて従った。

先日の両国橋、本日の地蔵橋とここ今川橋と、都合三カ所で何も手掛かりが得られなかったのに、次で何かが見つかるとは正直なところ期待していない。それでも、己にできることは全てやる、という意気込みはいっさい衰えていなかった。


一方、桔梗と健作も、当て処なく無闇に捜し回る行為には見切りをつけ、新たな手掛かりを得ようと模索《もさく》していた。頼りは、知音や天蓋が示した「壱の小組が遭遇《そうぐう》した明かりと、早雪失踪時の騒ぎの因となった人魂は同じものではないか」という考えである。

早雪が、自分らと出会う前のようにまた芽吹きたるモノに囚われているなどとは想像したくもないが、万一そうであったなら、なおいっそう早く救け出さねばならない。

そのための手立ては、耳目衆が聞き込んできた中にあった。

耳目衆にも、全ての場所で妙な明かりが現れているという一致点に着目した者はいたのだが、自分らが僧侶という相手の印象に残りやすい姿をしているため噂話を聞き込むまでに留めて、当人らに直に接するのは指図あるまで控えていたのだった。

第四章　新展開

一

「嬶《かか》ぁ、今戻ったぜ」

夕刻、蔬菜《そさい》（野菜）の担《にな》い売《う》り（行商）を生業《なりわい》としている和助《わすけ》は、仕事上がりでちょうど湯屋《ゆうや》（銭湯）から戻ったところだった。水気がなくなるほど絞った手拭《ぬぐい》を左肩に引っ掛け、まだ湯に上《のぼ》せた真っ赤な顔のまま、開け放した腰高障子《こしだかしょうじ》を通り抜ける。

と、思わずその場で立ち止まってしまった。三和土《たたき》に草履履《ぞうりば》きの足を置き、上がり框《がまち》に腰掛けている男がすぐ目の前にいたのだ。

「あんたぁ、お客さんだよ」

女房のお滝《たき》が、今ごろになってようやく言い掛けてきた。晩飯の支度《したく》はもう済んだのか、客を気にしながら奥で座っていたようだ。

「誰だい、お前さんは」

和助は、見ず知らずの「客」に問い掛けた。

相手は、和助の姿を見るなり立ち上がっている。ずいぶんと、若い男に見えた。

「あっしは健《けん》の字《じ》って、ケチな野郎で——和助さんでいらっしゃいやすよね？」

「……ああ、そうだけど」

「急に押しかけまして、どうも申し訳ありやせん。もうそろそろご夕飯かとは思ったんですが、この刻限でねえと、なかなかお話は聞けねえかと思いやして、厚かましくもこうやって面《つら》ぁ出させていただきやした」

仕事柄、朝早くには家を出て、野菜市場《やっちゃば》で商品を仕入れ、それから品物がなくなるまで売り歩く。たしかに、和助を摑《つか》まえるなら夕刻以降が狙《ねら》い目《め》だった。

健の字と名乗った男——健作は、如才《じょさい》なく続ける。

「ああ、ご夕飯のお邪魔をしたお詫《わ》びに、ちょいとお口汚しを持って参《めえ》りやしたんで。後でご賞味いただければと」

二人のやり取りを聞いていた女房のお滝が、ここで思い出したように「お前さん、お客さんからお酒を頂戴したよ」と言い出した。

――なんだい、さっきっから気の利かねえ。そういうこたぁ、もっと早くに言い出すもんだ。

女房に文句の一つも言いたいところだが、初対面の客を前にしているのではそうもいかない。

「そいつぁ気ぃ遣《つか》わして、却《かえ》って悪かったねえ」

「いやいや、そう大した代物じゃありませんから――で、肝心の用件ですけど」

「ああ、何だい」

「和助さん、川開きの日に、両国へ行きましたよね」

「……ああ、確かに行ったけど、お前さん、わざわざそんなことを訊きに?」

見ず知らずの者が、己の行動を知っていてわざわざ訪ねてきたことに、気味の悪さを感じ始めた。

相手は、人のよさそうな顔に済まなげな表情を浮かべて頭を下げてきた。

「妙なことを訊きやがるとお思いでしょうね。済みませんね、これがあっしの商売なもんで――で、和助さん。その両国の川開きで、面白い物をご覧になったとか」

「……お前さん、いってえ何のことを言ってる」

「ああ、気を回さないでくださいな。もし大っぴらにしたくない事情がおありなら、ここだけの話にしときますから——和助さん、なんでも、花火の上がった橋の上で、人魂を見たとか」

小声で伺いを立てるように尋ねてきた相手に、和助はむっつりと黙り込んでしまった。

「あっしのほうでこんなことを言うのもナンですが、もし口にしづれえようでしたら、一杯《いっぺえ》飲《や》りながら話していただいても、いっこうに構いやせんが」

持ち掛けられて、客が持参した土産のことを思い出した。肩の力を抜いて、女房を見た。

「おいっ、茶碗を二つ持ってきな。それから、いただいた酒も——お持たせで済まねえけど、買い置きしとくほどの暮らしはしてねえんでね」

そう言いながら、和助は手振りで「座れ」と示した。相手が腰を下ろすのを見て、己も同じようにする。健作が応じた。

「なに、あっしだって似たようなモンでさぁ——それから、あっしはご酒《しゅ》は遠慮った後に、まだ仕事がありますんで」

「なんだい、お前さんは下戸《げこ》かい」

「いや、全くダメってわけでもねえんですけど、あっしゃあ、和助さんに話を伺
った後に、まだ仕事がありますんで」

「こんな陽が暮れてから、まだ仕事かい」

「へえ、忘れねえうちに、聞いた話をまとめなきゃなりませんので」

「ああ、それで——お前さんは、読売《よみうり》（瓦版《かわらばん》）の書き手かい」

「まあ、そんなようなもんで」

これで、和助のほうも得心がいった。

女房が竈《かまど》のほうから、茶碗二つともらった貧乏徳利《びんぼうどっくり》を、二人が座す框へ運ん
できた。自分用にわざわざ淹《い》れてくれた茶の入った茶碗を受け取り、健作はお滝
へ丁寧に礼を言っている。

女房から茶碗と一緒に貧乏徳利を受け取った和助が驚く。

「ほお、こいつぁ一升は入《へえ》ってるんじゃねえか。ずいぶんと豪儀《ごうぎ》だねえ」

「いや、安酒ですから、あんまり期待しねえでくださいよ」

「なに、俺っちみてえなのは、高え酒をチョイトより、量があったほうが有《あ》り難《がて》

えや」

顔をほころばせた和助に、奥へ戻った女房が口出ししてきた。

「あんた、呑み過ぎると明日の仕事に障《さわ》るよ」

「うるせえや。これから、こちらさんにお土産分の話をしなきゃならねえんだ。そんなに酔っ払うほど呑むかよ」

客の帰った後が心配なのだという顔のお滝に、健作は済まなそうにそっと頭を下げた。

和助は女房の様子などには構わず、手酌《てじゃく》で注《つ》いだ酒を一口飲むと、話し始めた。


どっから話そうかね。ありゃあ、ずいぶんと奇妙なことだったたねえ。

ともかく俺は、ここの長屋の連中と連れ立って、両国の川開きに花火を見にいったと思いねえ——女房《こいつ》? 女房なんざ、「人に酔っちまう」とか言って賑やかなとこにゃあ怖気《おぞけ》を震《ふる》うような質《たち》なんで、両国の川開きなんてとっても連れてけねえのさ。

で、例年とおんなしように人が大勢繰り出してたけど、橋を渡り始めたとこでちょうど花火は上がるし、いい具合だったねえ。あんなことが、起こるまではだけどね。俺っちは、仲間と一緒に橋の右《みぎ》っ側《かわ》のほう、大川の下流のほうの花火を眺めながら、人の流れに合わせてゆっくり進んでたのさ。

人魂だって叫んだのは俺っちじゃなかったかって？　——ああ、そうかもしれねえね。喚《わめ》いたなぁ俺っちだけだったかどうかは、あんな騒ぎになっちまったんでよく憶えてねえけど、たしかに俺が叫んだなぁ、そういう叫び声が上がる最初のほうだったような気がすらぁ。

そんで、何を見たかってこったよな。そうさね……ありゃあ、なんて言えばいいのかなぁ。

ともかく、明かりだよ。ボウッと光ってる明かりが、橋の近く、俺っちの目の前の川の上にふんわり浮かんでたんだ。そう、俺っちの、ちょうど真正面ぐれえだったから、川面《かわも》からだと相当の高さってことになるよな。

何に喩《たと》えりゃ判りやすいか。ううんと、提灯《ちょうちん》をね、先が見えないほど長《なげ》え長《なげ》え竿《さお》を立てて、その端に括《くく》りつけたこれも長え紐《ひも》で、ずうっと下のほうまでブラ提《さ》げて、橋の高さに合わせたら、あんなふうに見えたかな——いや、でも、やっぱり違ってるかね。風に揺れてるような様子は全然なくて、ひとっところにピタリと留まってたからね。

いつからその明かりがあったかは知らないよ。ともかく気づいたら、そこに浮かんでたんだ。

なんで、俺っちが声を上げるまで周りの連中は誰も気づかなかったかって？　そいつもはっきりたぁ判らねえなぁ。ただ、あちこちで花火が上がってる最中だ。その、パッと明るくなったり瞬《またた》いたりしてる派手な光ん中で、紛《まぎ》れちまったのかもしれねえね。花火の弾ける音もうるせえし、見物人だって「鍵屋ーっ」だの「よっ、玉屋！」だの、好き勝手に喚《わめ》き散らしてるから、誰もそんな物があるなんて、気にも掛けてなかっただろうしな。

じゃあ俺はなんで気づけたかって？　そいつはもっと判らねえ。ともかく、「あれっ」と思ったときにゃあ、もうそいつが目に入っちまってたんだ。

で、見っけてすぐに叫んだのかって？　いや、すぐじゃなかった。第一《でえいち》、今、手前《てめえ》で見てんのが何なのか、俺にゃあさっぱり判らなかったんだからよ。

ところが、そのひとところでピタリと留まってた明かりがよ、俺っちがじっと見てると不意にこっちのほうへ真っ直ぐスーッと近づいてきやがるじゃねえか。恐《おっと》ろしいなんてもんじゃなかったね。

で、気がついたら、「人魂だ」って叫んでたって次第《しでえ》だよ。

そっから後は、もう何が何だか判んなかったな。俺っちの前にいた人らがドドッとこっちへ押し寄せてきたと思ったら、今度《こんだ》ぁ後ろっ側からだ。そん次ゃあ右だ、左だって、ありゃあ、大勢の人が乗った千石船《せんごくぶね》ん中で、大嵐に巻き込まれて揉《も》み苦茶《くちゃ》にされてるみてえだった——もっとも俺は生まれてこの方、渡し舟や猪牙《ちょ》《き》より大《で》けえ船に乗ったこたぁねえけどね。

ともかくだ、あっちでもこっちでも大騒ぎよ。もう花火どころじゃなかったさ。

え？　ああ、人魂かい。だから、もう人魂どこじゃなかったんだよ。あんな妙なモンが近づいてくるかどうかより、人混みの中で押し倒されねえか、もし倒れちまったら押し潰されたり踏み潰されたりしちまうんじゃねえかって、こっちも必死だったからね。そんな妙なモンのこたぁ、いつの間にかもう、頭ん中からすっ飛んでちまってたさ。

その大騒ぎが、急にパタッと収まっちまったんじゃねえかって？　ああ、そうだ。そうだった——俺っちは、あっちへ押され、こっちへ押されして、倒れねえでいるだけで精一杯でよ、仲間がどこにいるかなんてことにも気を回す余裕はねえ。女房を連れてかなくって大正解だったんだけどな、ともかく必死こいて立ってたら、急にこっちへ押しつけてた野郎どもの力がスーッと抜けてってよ、気がついたときゃあ、「今のは何だったたんだ」て、呆気《あっけ》にとられるほど簡単に収まっちまってたのさ。

そっからは、あの人魂は見てねえかって？　ああ、あれっきりだよ。こっちだって、騒ぎではぐれちまった仲間を探すんで目一杯だ。あんなモンのこたぁ、仲間の何人かと行き合えて、そんで長屋へ帰《けえ》ってみたら残りの野郎も戻ってきてて、ホッとして手前の家の腰高障子を閉めるまでぁ、思い出しもしなかったよ。

口を閉じた和助は、茶碗の酒をグイと引っ掛けると、「こんだけだ」と言って健作を見返した。

「ついでに教えてやるけど、一緒に両国橋へ行った連中は、俺っち以外誰も人魂は見てねえよ。それとなく確かめたけど、どいつもそんな話にゃ乗ってこなかったからねえ」

そのことは、耳目衆がすでに確認していた。ついでに言えば、騒ぎのきっかけとなったかもしれない叫び声を上げたのが和助だということも、同行した連中は誰もはっきりと認識していない。健作は、さらに尋ねた。

「それで、和助さんの見た人魂の話はさっききしてもらいましたけど、もうちょっと何か憶えちゃいませんかい」

「って、言われてもねえ――川開きの騒ぎが起きた次の日によ、誰か『ありゃあ、花火の燃え滓《かす》に火が点いたまま風に吹かれて漂ってきたのを、見間違えたオッチョコチョイがいやがったんだ』なんて得意げに噂してた野郎がいたようだけど、そんなこたぁ絶対《ぜってえ》にねえ。ありゃあ、そんなもんじゃなくって、よく判らねえけど、何かホントに妙なモンだったたんだよ」

和助は、勝手な噂にずいぶんと腹を立てている様子で、己の見間違いなどではないと強調した。

「その人魂ですけど、何か文字みてえなものが書いてありましたかい」

「文字だって？　そりゃあ俺が、『高いところからブラ提げられた提灯みてえだった』なんて言ったからかい。でも、そんときも言ったけど、ありゃあ提灯なんかじゃあなかったぜ。絶対にな」

人の話を疑うのかと憤《いきどお》る顔になった和助へ、健作は慌てて言い訳をした。

「いや、そうじゃあねえんで。あっしはここへ来る前にも何人かにお話を聞かせていただいたんですけど、そん中に、『ありゃあただボウッと光ってる玉みてえだったけど、よくよく見ると文字みていなモンが真ん中にあって、そいつが光ってたようだ』なんて言う人がいたもんですから」

健作が発したのは、壱の小組から評議の座に報告された、「神田堀で出現した明かりの正体は、光る梵字のように見えた」という話に基づく問いだった。

「文字が光ってた……そう言やぁ」

「何か、思い出しましたかい」

「文字っちゃ、文字なのかね――光ってたのがそいつかどうか判らねえけど、そう言われると、明かりン中に、お寺とかで見掛ける模様みてえなのがあったような気もするねえ」

――すると、両国橋と神田堀には、やはり同じモノが関わっている……。

健作がそのことを考えていると、和助が「なあ」と呼び掛けてきた。

「へい、何ですかい」

和助は促《うなが》しに応える前に、茶碗へなみなみと酒を注いで一気に呷《あお》った。酒臭い息と一緒に、誰にも聞けなかった問いを吐き出す。

「あの騒ぎで怪我人が何人も出たそうだけど、それだけじゃあなくって、死んだ人も二人いたそうだな」

「……ええ、橋から落ちたお人が二人いたそうです。けど、水死人で見つかったのは一人だけのようですね」

「もう一人もいまだに行方知れずなんだろ。なら川底に沈んでるか、海まで流されたんだろうさ――いずれにしても、生きちゃあいねえ」

和助は、己の叫び声が人を殺してしまったのではないかと怯えているのだ。

健作は、あえて明るい声を上げた。

「なんです、そんなことを心配なすってたんですかい――さっきから言ってるように、あっしはこたびの騒ぎについていろんなとこで話を聞き回ってますけど、『おいらが最初だ』、『あたしがまず声を上げちまったから』ってお人が、何人もいますぜ」

「……そうなのかい？」

健作は、和助に会いに来たのがこたび人に話を聞くお初《はつ》だから、語ったことは本当ではない。しかし、気に病む和助のため、このぐらいの嘘は許されるだろうと思っての言葉だった。

「あんだけの人がいたんですぜ。和助さんのそばじゃあ、気づいたのはあなたお一人だったかもしれねえけど、なにしろ問題の代物が川の上で宙に浮かんでたとなりゃあ、そりゃあ両国橋の川下側にいた人からはみんな見えてまさぁ」

——この和助にはすこしも悪気はなかった。ほんとに悪いなぁ、あんなものを人混みのそばに浮かべやがった野郎だ。

肚の内に怒りを溜めながら、誠心誠意語った。

「そうか。そうだよなぁ」

明らかに、肩の荷が下りた様子だった。ここで健作は、当人のために釘《くぎ》を刺しておく。

「ただしだ、人に言わずに黙ってたってのは、利口でしたね。そこいらの意地《いじ》汚《きたね》え岡っ引きなんぞの耳に入りでもしたら、『引き合いをつけようか』なんて、散々《さんざ》いじめられかねねえですからね」

引き合いとは、裁判の証言などを求めて町奉行所へ出頭させることだ。後ろ暗いことをしていなくても「厳《いか》めしい奉行所へ出向くのは恐ろしい」と重荷に感じられるだけでなく、己は丸一日仕事を休んでその日は無収入になる上、同道してくれる町役人《ちょうやくにん》や家主《いえぬし》などへの謝礼も必要になったから、引き合いをつけられただけで懐を大いに痛めることになった。

悪い岡っ引きは何か事件が起こると、関わり合いの薄い者にまで「引き合いをつけようか」と脅《おど》して、免《まぬが》れたい者から袖《そで》の下《した》を受け取るのを小遣い稼ぎにしていたという。

和助は、ほっとして緩んでいた顔を引き締めた。

「そのとおりだね。下手に口にしねえほうがいいな」

言いながら、問うような目で健作を見る。健作は、相手の内心など気づかぬふりをしながら相鎚《あいづち》を打った。

「ホントにそうですよ——あっしも、もしこの話が読売に載るようなら、和助さんをはじめお話をしてくだすったみなさんにゃあ、決して迷惑を掛けねえように、気ぃつけて書きやすから」

「頼んだよ」

「ええ、任しておくんなさい」

健作が和助の長屋を辞したときには、相手はだいぶ酔っ払っていた。夫の体を案じていた女房には悪いことをしたが、和助当人にすれば心の重荷を振り払う、よいきっかけになったかもしれなかった。

桔梗は桔梗で、健作とは別に話を聞きに行っていた。相手は、女髪結《おんなかみゆい》だという。女髪結に髪を結ってもらう客も女になるが、わざわざそのために床見世《とこみせ》まで行く女の客はいないから、女髪結は全てが得意先回りをする廻《まわ》り髪結《かみゆい》だった。

健作が話を聞き終わった後で桔梗と会ったとき、ずいぶんとめかして見えたから、桔梗はどこかの家を借りてその女髪結を呼んだのだろう。どのような伝手《つて》を辿《たど》って誰の家を借り、目当ての女髪結を呼べたのかは知らないが、相手に髪結の仕事をさせながらだったら健作よりもずっと苦労をせずに話が聞けたはずだ。

しかし、得られた収穫は健作と大差がなかったようである。

早雪の神隠しに、使い魔らしき明かりを操る者が関わっていることは、まず間違いない。しかしそれが芽吹きたるモノかどうかとなると、いまだ確かなところは何も判明してはいなかった。

二

南町奉行所臨時廻り同心の小磯は、その日の勤めを終えて役所を出ようとしているところだった。

「ちょっといいかい」

背中から声を掛けられたのへ振り向くと、同じ臨時廻り同心の山崎である。山崎は小磯の目を見た後で、自分のほうが小磯より先へ足を進めた。

「……ああ」

付き合え、という意思表示だと悟って、返事をする。先日、山崎の娘の春香と自分のところの養子である釜之介との関わりについて話をして以来のことだ。向こうから声を掛けられたことが、意外でもあった。

――さぁて、何を言われるか。

やっぱり認められないと口にされるのを覚悟で、先日の一杯呑み屋の縄暖簾《なわのれん》を潜《くぐ》った。

二階の小座敷に腰を据《す》えた二人だったが、自分から誘ったはずの山崎は、上がってきた小女に酒と肴《さかな》の注文をした後、しばらく口を閉ざしたままだった。

運ばれてきた酒を、黙々と口にする。小磯も、黙って付き合った。

「実ぁな」

このまま黙《だん》まりを決め込むつもりかと思い始めたところで、ようやく山崎が口火を切った。小磯は無言のまま相手の顔を見る。

「今、秋乃《あきの》に去《さ》り状《じょう》をもらう話を進めてる」

秋乃は、春香の姉だ。先年、山崎の上役にあたる与力の嫡男《ちゃくなん》のところへ望まれて嫁《とつ》いだのだが、夫の女遊びと姑《しゅうとめ》の嫁いびりに苦労を重ねていた。

聞かされた小磯は大きく息を吐いた。山崎の言いようからすると、先方から離《り》縁《えん》されようとしているのではなく、山崎家のほうから申し入れたということになる。

「向こうさん、応じてくれそうなのかい」

嫁の実家のほうから見切りをつけられたとなれば、まだ出仕前の与力嫡男ではあっても、今後正式にお役に就いたときには小さからぬ疵《きず》となる。

問われた山崎は薄く笑った。

「まだ御番所の噂にゃあなってねえようだけど、秋乃はもうこっちへ戻ってる——あんだけ評判を落としゃあ、『父親《てておや》は与力でござい』と威張《えば》って突っぱねるわけにもいくめえよ」

親しい友人の縁戚《えんせき》の話とはいえ、関心を持たないようにしていたから噂程度しか耳に入ってはいないが、件《くだん》の与力の嫡男はどこかの岡場所で大きな騒ぎを起こしたらしい。父親の与力が慌てて揉《も》み消《け》しに奔走《ほんそう》したことで表沙汰《おもてざた》にはなっていないが、御番所内では知らぬ者がいないほどに話が広まっていた。

「それでも、息子の身持ちの悪さを人のせいにしかねねえぜ」

父親の与力が、というより嫁いじめをしていた姑が、ということである。町方の付き合いが前述のように閉ざされた範囲内《しまうち》だというのは女社会でも言える――いや、女同士だからこそいっそう色濃いものがあるのだが、陰口として叩かれる分だけ余計に始末が悪い。

小磯の危惧に対し、山崎はさばさばと答えた。

「まさか、離縁した後で独り身を貫くってわけにゃあいくめえ。なら、後妻をどう扱うか見てりゃあ、秋乃の名誉回復はいずれ叶うだろ」

嫁の親に去り状を求められて出さざるを得なくなったという程度の痛手で、与力の嫡男もその母親も、心を入れ替えて真人間《まにんげん》になるような常識人ではない。たとえしばらくは大人しくしていられたとしても、そのうちに襤褸《ぼろ》を出すはずだという返答だった。

小磯は山崎の様子をじっと見た。

娘の去り状を求めた後の、奉行所内での上役との関わり合いを案ずるような話をいっさいせずに、嫁ぎ先から引き取った娘のことだけを口にしている。そこに、山崎の心情が読み取れた気がした。

「秋乃も、災難だったなぁ」

本心からの言葉だった。山崎がぽつりと言う。

「俺んとこの出入りに、西海屋《さいかいや》があるのは知ってるよな」

大名家や富商は、不祥事《ふしょうじ》が起こったときなどのために町方と誼《よしみ》を通じておくのがこの時代、ごく当たり前の風習だった。小間物問屋《こまものどんや》の西海屋は、山崎が定町廻りをしていたときからの出入り先だ。

「ああ、ときどきお前さんとこへの付け届けが、こっちまでお裾分けで回ってきてるからな」

山崎が微苦笑を浮かべたのは、「それを春香に持たせてやったのが間違いか」という思いが頭を掠めたからかもしれない。ともかく口に出したのは、西海屋の話の続きだった。

「その西海屋の国許にある本店《ほんだな》が、見世を畳むことになったらしい。西海屋の主は、江戸店《えどだな》の出店《でだな》（支店）を出す形で国許へ逆に乗り込むつもりでな、そこの主に、長年奉公してきた番頭を据えようとしてる」

突然、なぜそんな話を持ち出したのかという顔の小磯に、山崎が続けた。

「まだ内々にだけど、秋乃をその番頭の嫁にって話があってな」

小磯は、また太い息を吐いた。

富商の倅《せがれ》の嫁に、という話ならこれまでもないわけではない。しかし、店を一軒持たせるつもりだとはいえ、「番頭の嫁に」というのはずいぶんと思い切った話だった。

「秋乃はどう言ってる」

「西海屋もその番頭も、俺は昔っからよく知ってる――秋乃だって、娘のころから品物選びの相手をしてもらってた。顔馴染《かおなじ》みさ」

答えをはぐらかされたようにも聞こえるが、そうではあるまい。大人しい秋乃は、はっきりした意思表示をしなかったのだろう。

武家の出でありながら町家に嫁ぎ直す気はないかと問われた己を哀《あわ》れと感じるか、まさか実家に居続ける道はないから仕方がないと諦めるか、それとも喜びを覚えつつもいまだ娘心を忘れぬ羞恥《しゅうち》のためにまともに返事ができなかったか。

娘につらい思いをさせたと悔いているはずの山崎夫妻が、秋乃の心をきちんと確かめることなく、ただ厄介払《やっかいばら》いをしようとしたとは考えられなかった。秋乃の相手となる番頭についても人物をしっかり見ているはずだ。

「西海屋の国許ってなぁ、どこだったたっけな」

「長崎だよ――その番頭はもともと向こうの出で、仕入れの話で何度も行き来してるから、向こうで商売を始めるにしても何の心配《しんぺえ》もねえとさ。見世ぇ畳んだ本店と付き合いがあった先も、歓迎するって言ってくれてるらしいしな」

「……長崎か、遠いなぁ」

自分の娘のように可愛《かわい》がっていた者が、遠くへ離れていく。おそらく小磯や妻の絹江にとっては、今生《こんじょう》の別れになるだろう。山崎や静音にしても同様のはずだ。

「つらい思い出を忘れるにゃあ、ちょうどいいかもしれねえ」

山崎が、無理矢理吐き出すように言った。

――そんで、先《せん》の嫁ぎ先から聞こえてくる陰口も、あるいはこの一件で山崎が御番所内で窮地に立たされたなんて噂が流れても、長崎までは届かねえだろうしな。

「そうか……そうだよな」

そう口にするより、言葉がなかった。

山崎が酒肴《しゅこう》へ落としていた視線を上げた。思いに沈んだ顔から、気持ちを切り替えたように明るい表情を作っている。

「ってことで、俺はこれから御番所内で、肩身の狭《せめ》え思いをすることんなる。そんでも構わねえってえなら、お前さんとこの養子に、春香をもらってやってくれ」

「そうかい――ありがとよ」

「件の与力にゃ、お前さんの養子まで睨まれることになりかねねえ。それでももらってくれんなら、礼を言うなぁこっちのほうさ」

「なぁに、こっちはとうに御番所の中で浮き上がっちまってるよ。今さら敵が一人増えたとこで、痛くも痒《かゆ》くもねえさ。

で、おいらんとこの養子も、養父《おやじ》の不出来は承知の上で後釜《あとがま》に座るっつってんだ。学者だけに頭は固《かて》えが、その分、いったんこうと決めたら梃子《てこ》でも動かねえ。あの頑固《がんこ》にゃあ、お前さんを目《め》の敵《かたき》にする与力だって、きっと手ぇ焼くぜえ」

「そうかい。そいつぁ、佐二郎《さじろう》と馬が合いそうだな」

佐二郎は山崎の嫡男で、見習いとしてすでに数年前から御番所へ出仕していた。釜之介は、将来の義兄が働く場に後輩として入ることになる。

「だといいけどな。ともかく、もの言いから立ち居振る舞いから、カチンコチンに固くって、こっちゃあ養子にする前からもう、ひと苦労してるよ」

己の娘の夫になる男に対してどのような印象を持ったのか、山崎は愉快《ゆかい》そうに笑った。

「正式なお披露目の前に、お前さん方夫婦にゃあ、きちんと会ってもらわねえとな」

小磯の提案に、笑顔のまま応ずる。

「ああ、楽しみにしてるよ」

「佐二郎のほうは、まだそんな話はねえのかい」

「当人は、今んとこ御番所の仕事を憶えるだけで一杯一杯だって言ってるな」

小磯は「そうかい」とのみ応じた。

小磯が放った問いの真意は伝わらなかったかと思ったが、山崎はきちんと判っていたようだ。直接の答えの後に、小磯の聞きたかったこと――秋乃の一件について佐二郎がどう思っているか、を付け加えた。

「あいつも、秋乃の今の亭主の一件についちゃあ、ずいぶんと腸《はらわた》が煮えくり返ってるようだ。さすがに件の与力へ面と向かって逆らうようなまねはしてねえらしいが、そいつもいつまで保《も》つか……小磯さんよ。春香を養子の嫁に取るってこたぁ、俺と一蓮托生《いちれんたくしょう》になりかねねえって言ったけど、佐二郎の面つき見てると、それだけじゃ済まねえかもしれねえとも思えてきてな」

「なぁに、毒を喰らわばナンとやらさ。佐二郎のほうこそ、春香をこんな臍曲《へそま》がりの家へやって親戚になっちまうと、これまでに輪を掛けて苦労することになるかもしれねえよ」

実際に危惧を覚えつつも半分は冗談のようなつもりでやり取りしていた山崎が、ふっと真顔になった。

「ところで、そのお前さんの臍曲がりについてなんだが」

「ああ、隠密廻りあたりから話が広がって、おいらは除《の》け者《もの》にされかけてるみてえだな」

「まあ、お前さんが仕事のできるのはみんな知ってるから、気にしてねえのも結構いるけどよ」

「この歳になってから嫌われたって、どうってこともねえしな——おいらの養子にもう引導渡《いんどうわた》してるから、あいつも覚悟は決めたろうさ。

貧乏籤《びんぼうくじ》引かされたって嘆《なげ》いてるかもしれねえけど、春香のことがあるから今さら後にゃあ退《ひ》けねえだろうしよ」

「……引導渡したって、隠密廻りの気に障るようなことぉやってるって、話したのかい」

「いいや。おいらが煙ったくても、与力同心の次男坊三男坊にとっちゃ、己らが安住できそうな身の置きどころが一つ減ったのは気に入らねえだろうし、春香が与力同心の血筋でもねえ野郎に横取りされんなぁ、鳶《とんび》に油揚《あぶらげ》攫《さら》われたような気分だろうって言ってやっただけさ――で、お前さんは？　おいらが何やってるか、聞きてえか」

　話の弾みでそう口にしてしまったが、聞きたいなら口止めはした上で教えてもいいつもりになっていた。それで一枚乗るかどうかも、山崎の考え次第だ。

だが、相手はあっさりと断ってきた。

「いや、よしとこう。教えてもらったって、俺にゃあ手に余りそうだからな」

「そんなこともねえだろう。お前さんだって、おいらとおんなし臨時廻りだ」

「いやいや、そもそもの出来が違うさ。順当に臨時廻りんなったお前さんと違って、俺は適任者が立て続けにいなくなったから繰り上がっただけだかんな」

　山崎の言っていることは、外形的にはそのとおりに見える。山崎より早く臨時廻りになるであろうと思われていた男二人のうち、一人は急死、もう一人は急な病《やまい》で隠居してしまったのだった。

しかし、それでも山崎に資質がなければ臨時廻りに推挙《すいきょ》されていたはずがない。小磯がそう口にしようとしたとき、山崎のほうがぽつりと呟いた。

「そろそろ俺も、潮時《しおどき》かと思ってるんだ」

思いも掛けない言葉だった。が、こたびの秋乃の一件で心労が堪《こた》えているようだし、そんな気になった理由も判らぬではない。それに佐二郎はもう、見習いとしては十二分に仕事をこなしているようだ。

倅に途を譲ろうかと考えるのは、年齢から考えれば相応なのだろう。

「そうかい。おいらたちも、もうそんな歳なのかねえ」

己の隠居もそう遠い話ではないのだと、小磯は改めて自覚した。

三

「でもなあ」

「へっ、女房が怖くって女郎買《じょろか》いにもいけねえかい」

「そういうお前だって、お竹《たけ》さんに頭が上がらねえ様子じゃねえか」

千蔵《せんぞう》と百助《ひゃくすけ》が言い合うのを、万吉《まんきち》が「まあまあ」と止めた。

「せっかく久しぶりに一緒に呑んでるんだ、仲よくやろうじゃねえか」

場所は浅草蔵前《くらまえ》と神田川に挟まれた大川端近く、大代地《おおだいち》と呼ばれる中にある旅《はた》籠《ご》町《ちょう》一丁目代地の一杯呑み屋。騒いでいるのは同じ長屋で育った幼馴染《おさななじ》みの三人衆で、三人の仕事はそれぞれ違っているが、いずれも一本立ちした職人だ。

久しぶりに顔を合わせて、「ちょいと一杯」という話になったのだが、酒が入ると話が下世話《げせわ》なほうへ流れ、「このごろは女房以外とはご無沙汰だ」と百助がこぼしたのがきっかけだった。「じゃあ今度、一緒に吉原《なか》へでも繰り出そうか」と万吉が言い出したのだ。

「だってよ、千蔵がつまらねえこと言うから」

百助が不満そうに言った。わずかな酒で、もう顔を真っ赤にしている。

万吉は、千蔵を目顔で窘《たしな》めながら、百助を宥《なだ》める。

「判った、判った。こいつぁ、千蔵が悪いや――でもよ、千蔵だって、久しぶりにお前さんや俺と一杯やれて、ちょいと浮かれちまっただけさね。勘弁してやれや」

千蔵は、二人のやり取りを薄笑いを浮かべながら聞いていた。

「で、吉原へ繰り出す話はお流れかい」

そう問われて、万吉も千蔵を睨む。

「千蔵。お前、行きてえのか行きたくねえのか、どっちだい。もし行きてえなら、仲間の気分を害するようなことぉ口にするねえ」

「ああ、悪かったよ。百助が言うとおり、こちとらも女房の目を盗んでとなると、なかなか腰を上げられねえでよ。こういう機会でもねえと、それこそ吉原がどこにあったかも忘れちまいそうだ」

己より一つ年上の万吉に対しては、千蔵も素直に頭を下げて正直にものを言う。

百助が、また「でもよぉ」と不安げな顔をした。どうやら女房のお梅《うめ》が、相当に怖いようだ。

二人に対し、万吉が胸を張った。

「任せときな。俺にいい考えがあらぁ」

百助は、期待を込めて「考えって？」と訊いた。万吉は得意げにご披露《ひろう》に及ぶ。

「今は水無月《みなづき》、六月だ。六月の初めっつったら、何だ。富士の山開きだろうがよ」

山は神宿る聖域であり、かつ危険な場所でもあるから、一般庶民の勝手な侵入は禁止されていた。これが解禁されるのが、霊峰《れいほう》富士の場合は晩夏六月の一日だった。

「でもよ、吉原と富士じゃあ方角が全く違うだろ」

吉原《よしわら》（「なか」は通称）は、今三人がいる大代地からはほぼ真北、富士を登るつもりなら、中山道《なかせんどう》や甲州《こうしゅう》街道《かいどう》を使えば西へ、東海道経由ならまず南へ下ることになる。それじゃあバレる、という心配だった。

「誰が『ホントの富士のお山に登るふりする』なんて言ったよ。それじゃあ、何日も掛かっちまう。そんなに吉原で居続けしてえなら、俺は仕事があるから、このたびの話から降りるぜ」

「え、そんな。言い出しっぺが何言ってんだ」

慌てる百助の横で、千蔵が「なるほどな」と呟いた。わけが判っていない百助へ、「小野照崎《おのてるさき》明神《みようじん》だよ」と教えてやる。

「小野照崎明神？　下谷《したや》のかい」

下谷の小野照崎明神社は上野寛永寺のすぐ東側。大代地からだと北北西の方角になり、あまり遠回りすることなく、途中から枝分かれして小野照崎明神にも吉原にも行ける道がある。

「ああ。あすこにゃあ、小富士《こふじ》があるだろ」

江戸期には富士信仰が大いに高まり、富士講《ふじこう》という互助会《ごじょかい》組織を作って集団富士登山を行う宗教行事が広まった。

しかし、甲州（山梨県）と駿州《すんしゅう》（静岡県東部）の境にある富士山には麓《ふもと》まで到達するだけでちょっとした旅行であり、さらに日本一の高山に登るのだから、相応の体力も必要とされる。年寄りや年少者に不向きだというのはもちろん、時間的余裕や金のない者にも「高嶺《たかね》の花」の信仰活動だった。

そこで、ある植木職人が戸塚村《とつかむら》（現・新宿区）の水稲荷《みずいなり》に富士山の小型模型《ミニチュア》を造成して信仰者に登らせたのを皮切りに、江戸の各地に小型の模造《もぞう》富士山（小富士、富士塚《ふじづか》）が作られ、本物の富士登山の代替行為とすることが流行した。

「前日から精進潔斎《しょうじんけっさい》し身を清めた上で、照崎明神の小富士に登るんだと言やあ、泊まりがけで出ても女房に不審がられたりゃあしねえだろ」

万吉が、いい考えだろうと言い掛けてくる。しかし百助にはまだ疑問があるようだ。

「でもなぁ、照崎明神の小富士は、もう登れんのかい」

「何言ってる。だから、山開きはもう始まってんじゃねえか」

本物の登山の代替行為であるから、小富士への登山も、本物の富士の山開きの時期に合わせて行われている。

「でもよ、戸塚村の水稲荷の小富士に登れるなぁ、六月の十五日から十八日の間だけだって言うぜ」

得意満面だった万吉は、下に見ていた百助から思わぬ指摘を受けて鼻白《はなじろ》む。横合いから、千蔵が助け船を出してくれた。

「ンなこた、どうだって良《い》んだよ。お前や俺の嬶ぁが、そんなとこまで知ってるもんかい。胸ぇ張って堂々としてりゃあ、たとえ間違ってたってバレやしねえや」

言い切った千蔵が、今度は万吉のほうへ向き直った。

「万吉《まんき》っつぁんの妙案を聞いて、俺もいいことを思いついた――どうだい、もののついでってことで、みんな白装束《しろしょうぞく》に金剛杖《こんごうづえ》で吉原へ繰り出さねえか」

あまりに突拍《とっぴょう》子《し》のない言い草へ、万吉すら「え？」と絶句してしまった。白装束に金剛杖は、信仰活動として登山をするときの正式な格好である。

千蔵はニヤつきながら己の考えを披露した。

「そんなふうにみんなして衣装揃えて吉原へ繰り込んでみなよ。きっと女郎どもに大受けして、俺ったちゃあ、モテるぜえ」

吉原は江戸における流行の一大発信地だっただけに、奇抜《きばつ》な装いや突拍子もない行動が大いに評判を呼ぶこともあった。古典落語には、「ごく当たり前の見掛けをした集団客が、全員錦《にしき》の下帯《したおび》を身につけていたことで女郎に持《も》て囃《はや》された」という逸話《いつわ》が語られるものがあるが、あるいは当時実際起こった出来事に基づいた噺《はなし》なのかもしれない。

「それによ、家を出るときからそんな格好だったら、まさか女房どもだって疑《うたが》やしねえだろう」

付け足した千蔵へ、万吉は大いに感心する。

「なぁる……そいつぁ、いいかもしれねえ」

万吉が千蔵の知恵に感心した。しかし百助は「けどなぁ」と浮かない顔だ。

「なんでえ。おいらの思いつきが気に食わねえってのかい」

千蔵は、せっかくの名案を腐《くさ》されたように感じて色をなす。

百助は気圧《けお》されながらも、己の心配を口にした。

「いや、おいらも面白《おもしれ》えたぁ思うけど。でも、そんな格好で吉原に繰り込んだりして、罰《ばち》が当たらねえかなぁと思ってよ」

聞いた千蔵は苦笑した。臆病で心配性な、百助らしいもの言いだ。返事がぶっきらぼうになったのは、感情を殺さないと、蔑《さげす》んでいる内心がそのまま表に出かねないからだった。

「何言ってんでえ。咲耶姫《さくやひめ》（木花咲耶姫《このはなのさくやひめ》。富士山にある浅間神社《せんげんじんじゃ》の主祭神。江戸で造られた各々《おのおの》の小富士の山頂にも勧請《かんじょう》された）の代わりに、吉原へ観音様《かんのん》を拝みにいくだけじゃあねえか。咲耶姫様がよろしく思ってくださらなくとも、観音様の御利益《ごりやく》で帳消しにならぁ」

万吉も千蔵に賛同する。

「俺は乗ったぜ。気に入ったからな」

そう言われてしまうと、百助はもう言い返せなかった。

白装束に金剛杖という仰々《ぎょうぎょう》しい出で立《いた》ちで、女房に半ば疑われながらも何とか誤魔化してそれぞれの長屋を出た三人は、期待に胸を膨《ふく》らませながら吉原の大《おお》門《もん》を潜った。しかし結果から言えば、首尾は散々なものだった。

三人が登楼《とうろう》したのは、惣半籬《そうはんまがき》と称される庶民向けの見世だ。ただし、吉原にはこれより下級の河岸見世《かしみせ》や局見世《つぼねみせ》と呼ばれるところもあるから、三人にすれば思い切って奮発《ふんぱつ》し選んだ妓楼《ぎろう》だった。

にもかかわらず、なぜ首尾が悪かったのか——渾身《こんしん》の装いが不発だったからだ。

吉原の面々も、白装束に金剛杖の格好が富士登山の装束だというのはすぐに判ったようだが、「どこの田舎者が、富士の登拝《とうはい》の途中で立ち寄りやがった」と内心では冷笑して迎えたのである。

見世の遣り手《やりて》（女郎の管理係）や若い衆《わかいし》の考えは、口に出さずとも女たちに伝わる。見世に登楼《あが》ってすぐに誤解は解けたものの、いったん冷めた目で見られた装いが「粋《いき》」だの「凝っている」などと見直されることはなかった。

惣半籬程度の見世では、一人の女郎にひと晩で複数の泊まり客の相手をさせる「回し」が当たり前のように行われていたのだが、女郎にしても受け持たされた客の全てをまともに相手していたのでは、体がもたない。当然のように、女郎屋に来て金を払っていながら、待たされるだけで独り寝をして虚しく帰る客が発生した。

この夜は、「粋を気取った勘違い野郎三人」が、揃って独り寝の寂しさを味わうことになったのだ。

「よう、千蔵。お前、いつまで怒ってんだ」

夜中の真っ暗闇の道を歩きながら、万吉が宥めにかかった。

「知るけえ。畜生、あの女郎屋の奴ら、俺らを馬鹿にしやがって」

千蔵は、八つ当たり気味に言葉を返す。

「でもよぉ。フラれたのは仕方がないとして、何も無理矢理出てくることはなかったんじゃねえのかなぁ」

百助の言い方がのんびりしていたことが、千蔵の怒りをますます募《つの》らせた。

「お前、ンなこと言ってるから女郎屋の下働きなんぞに舐《な》められんじゃねえか
――あいつらが、俺たちのことぉ陰で何てったか知ってるか。『出来損《できそこ》ないの幽霊三人組』なんてホザいてやがったんだぜ」

女郎にフラれた苛立《いらだ》ちもあったが、何より自分たちの身なりを見たときの連中の冷たい目が心に突き刺さっていた。己の提案が全くの裏目に出たことで、千蔵は万吉らに対して立場を失ったと感じたのだ。

しきりに宥めようとする若い衆を振り切って見世を出たのは、内心で情けなさを覚えている己に我慢がならなかったからだ。もう、引け四つ（受付終了）を報《しら》せる拍子木《ひょうしぎ》も、続けて打たれる九つ（深夜零時、営業終了）の拍子木も鳴らされた後だったから、登楼った見世を後にしたなら吉原の囲いの外へ出るよりない。

そうして、逆上した千蔵が起こした騒ぎを聞きつけた万吉と百助も、引きずられるように脇門から外へ出してもらった。

詫びのつもりか厄介払いか、見世が三人に提灯一つを持たせてくれたのは、こうなってみると幸いだった。

——出来損ないの幽霊三人組か。言い得て妙かもな。

千蔵を宥めるのは諦めて口を閉ざした万吉が、ふと思う。上から下まで真っ白な野郎が三人、真っ暗闇の中で突っ立っているのを目にした者がいたなら、きっと化け物か何かだと思うに違いない。

「で、こんな夜中にこれからどうするよ」

足を止めて夜空を見上げた百助がぽつりと言った。刻限は、大引けの八つ（午前二時ごろ。郭《くるわ》を閉め切り出入りを完全に遮断する時間）に近かろう。

大門から延びる五十間道《ごじゅっけんみち》には茶屋やら細見所《さいけんしょ》（吉原の案内本販売所）やらがズラリと並んでいるが、無論のこと真夜中ともなれば全て戸締まりがなされ、ひっそりとしている。

百助が放った当然の問いに、千蔵としても返す言葉がなく黙ってしまった。

ふと、万吉が思いついたことを口にした。

「なあ、どうせこうなっちまったんだから、下谷の明神様へ行ってみねえか」

「小野照崎明神へ？　行ってみたところで、門は閉まってんだろう」

そんなことをして何になると、千蔵が問い返してきた。先ほどよりは、だいぶ落ち着いてきたように見える。

「閉まってたら閉まってたでいいさ。門の外から、中の小富士を拝んで帰ろうぜ」

「暇つぶしにゃあなるだろうな。どうせ真っ直ぐ長屋に帰ったって、お梅に文句を言われるだけだし」

万吉に続けた百助の言葉を聞いて、千蔵も同意することにした。

「なら、そうするか」

三人は五十間道を進まず、郭を囲むお鉄漿溝《はぐろどぶ》沿いにぐるりと西へ回った。

四

吉原遊郭の脇から飛《と》び不動《ふどう》のある下谷龍泉寺町《りゅうせんじまち》を抜けて西へ向かうと、日光《にっこう》街道に出る。街道を左手に折れて真っ直ぐ南へ下れば、小野照崎明神社と隣接する下谷坂本町《さかもとちょう》四丁目はもう間近だった。

白装束姿の三人は、まもなく日光街道へ行き着くところだ。

「でもよぉ、明神社の御門の外から小富士を拝んだって、まだまだ夜中だぜ。それからどうするよ」

意気が上がらぬままにしばらく無言で歩いていると、百助が思い出したように口にした。己のせいでこんなことになったという自覚がある千蔵は、むっつりと押し黙っている。

「まだ明神社の門が閉まってるかどうかも、確かめちゃいねえんだ。そういう心配をすんなぁ、着いてからでよかろうぜ」

万吉が、あえて明るく応ずる。しかし、百助の憂《うれ》いはなかなか収まらないようだ。

「俺らがこんな格好で夜中に明神社の辺りをウロウロしてたら、丑《うし》の刻参《こくまい》りか何かと間違えられたりしねえかなぁ」

「丑の刻参りもお百度参りも、独りっきりでひっそりとやるモンだ。こっちゃあ三人も面ぁ並べてんだから、そんな見当はずれをする野郎はいねえだろうよ」

——いい加減、千蔵を落ち込ませるようなことを口にするなぁやめねえか。

気の利かない百助へ、内心では苛立ちを覚えながらの返答だから、さすがに言葉尻がきつくなった。

左右の武家屋敷や寺の塀が途切れて、ようやく町家の家並みが見えてくる。

「ああ、金杉町《かなすぎちょう》だ。ようやっと、日光道中へ行き当たったぜ」

万吉の気分など知らぬげに、百助が明るい声を上げた。

金杉町へ達する手前では、石神井用水《しやくじいようすい》から枝分かれした水路が道の両側を流れている。

一人落ち込んでいても仕方がない、無理にでも気分を上げよう——という気にようやくなった千蔵が、百助へ冗談口を叩いた。いくらかは、先ほどまでの気遣いのないもの言いに対する意趣返《いしゆがえ》しのつもりもある。

「お前、小富士へ登ると騙《かた》って吉原へ行ったりしちゃあ、罰が当たるんじゃねえかと心配してたな。なら、ちょうどいいじゃねえか。そこの堀で身ぃ清めて、さっぱりしてから明神社へ向かいなよ。この時期なら、水が冷てえなんてことはねえだろ」

「ええ？　こんな夜中に、何言ってんだい。真っ暗闇で、何にも見えねえじゃねえか」

「大丈夫だよ、どうせそんなに深かねえや」

ふざけて百助を用水堀のほうへ押しやる。百助が「やめろよぉ」と嫌がるのを、なおも「ほれほれ」と押し続けた。

――おい。あんまり騒いでると、ぐっすり眠ってるとこを邪魔されたお人に「うるせえ」って怒鳴られんぜ。

もう金杉町の町並みに入っており、二人が家で寝ている人々に迷惑を掛けるのを制止しようとした万吉だったが、声は掛けずに終わる。

押されて堀のほうへ追いやられていた百助が、不意に抵抗をやめたため、千蔵も異変を悟って力を抜いたところだった。

「百助、どうしたぃ」

千蔵に訊かれても、百助は応えない。千蔵に押しやられまいと体を踏ん張ると同時に堀との距離を測ろうと、足を開き上体を屈めて堀のほうへ向けていた顔をそのままに、じっと一点を見つめているようだった。

「ありゃあ、何だ？」

その声に釣られるように、二人の目が百助の視線を追った。

道の両側を流れる用水堀の一方は日光街道を突っ切っており、街道には小さな橋が架かっている。その橋の下が、なにやら明るんでいるようなのだ。

三人が言葉もなく見つめていると、やがて橋の下の光は強くなり、次第に姿を現した。

「！」

それは、あまり熱を感じさせないぼんやりとした明かりだった。蛍の光に似ているといえば似ていたかもしれないが、それよりはずっと大きく、明滅もしていない。

——人魂！

百助は肝を潰した。

明かりは橋の下を潜って出てきたが、それ一つだけではなかった。最初の明かりに連なるように、さらにもう一つ、二つと続けて現れてきたのである。

「千蔵、百助……」

万吉が、掠れ声で二人を呼んだ。これ以上大きな声を上げてしまうと、あの奇妙な明かりが気づいて自分らのほうへ寄ってくるのではないかという怖れで喉も体も強張《こわば》っていた。

それでも、二人は金縛《かなしば》りに遭《あ》ったかのように動かない。

明かりから目を離せぬまままもう一度声を掛けようとしたとき、最初の明かりがフワリと道の上まで浮き上がった。

「うわっ」

もう、二人の心配をしているどころではなかった。万吉は手の提灯を放り出すや、仲間を見捨てて元来た方角へと一人逃げだそうとした。

道の上へ浮き上がった明かりが、さらに高さを増した。すると、急に弾かれたように速度を上げて宙を進む。

後をも見ずに駆け出した万吉だったが、急停止せざるを得なくなった。自分の頭上が明るくなったと思ったら、不意に目の前にあの明かりが降ってきたのだ。

「え？ ――わっ」

目の前に急に現れた明かりは、こちらへ向かって突進してきた。立ち止まるだけで精一杯、身を躱《かわ》す余裕もなかった。

「ぐえっ」

明かりは、万吉の懐に飛び込んだ。すると万吉の足が地面から浮き、後方へと運ばれていく。

カラン、カラン。

なぜかそれまでしっかり握ったままだった金剛杖が、手から離れて地面を転がり、乾いた音を立てた。

次に万吉が耳にしたのは、バシャン！ という水音だ。背中に衝撃を受けたと思ったら水に包まれて視界が歪《ゆが》み、息ができなくなった。藻掻《もが》いて、どうにか上体を立てようとする。

すると水中から顔が出て、なんとか息をすることができるようになった。

どうやら自分は、あの明かりに堀の中へと突き落とされたようだ。

が、そんなことを考えている暇は与えられなかった。自分の頭上がまた明るくなったと思うと、頭が水中へ押し下げられたのだ。

万吉はたっぷりと水を呑まされた。息が苦しい。溺れてしまう。

手足を水の中でバタつかせていると、己の手足に触れる物があったが、それが何かを考えている余裕はない。

万吉は、同じように水中に沈められて藻掻いている千蔵や百助の手足を押しやったのだとは気づかぬままに意識を失っていった。


南町奉行所臨時廻り同心の山崎平兵衛は、己の目の前で筵《むしろ》を掛けられている三体の遺骸《ホトケ》を見下ろして溜息をついた。どうにも奇妙な一件だった。

場所は日光街道の千住宿《せんじゆしゆく》より手前、下谷金杉上町《かみちよう》と金杉下町《しもちよう》の境に架かる小橋の脇だ。遺骸はいずれも、橋の下を流れる堀川から引き上げられたものだった。

なぜか、みんな白装束を身につけている。人数分だけ金剛杖が落ちていたところからしても、巡礼の途中のように見える。

水の中で折り重なっている遺骸を見つけたのは、己の見世から早立ちして白河《しらかわ》へ向かうはずだった商人である（白河を通る奥州街道と日光街道は、途中まで同じ道）。まだ薄暗いから足元に気をつけて歩いていると、用水堀の中で大きな白い塊《かたまり》が折り重なっているのに気づいたということだった。

山崎は、橋の上からもう一度堀川を流れる水を見た。

六月（陰暦）のことを水無月というのは、ただの言葉遊びではない。一年で一番暑い時期で、夕立や野分《のわき》（台風）でもない限りカラカラに乾いているのがこの季節なのだ。

用水堀は、この季節にしては水嵩《みずかさ》があるものの、大人三人が溺れ死ぬほどの水量にはとうてい見えなかった。

山崎は、野次馬が近づいてこぬよう張り番をしている下っ引きに訊いた。

「昨日、この辺りで雨が降ったかい」

同心からの突然の問いに驚いた下っ引きだったが、丁寧に答えてきた。

「いえ、ここんとこ二日ほどは夕立も通り雨もありやせんで、ずっといい天気が続いておりやすが」

ならばやはり、用水堀の水が急に増えたようなことはなかろう。

そこへ、定町廻りが岡っ引きを従えて、最初の聞き込みから戻ってきた。

この定町廻りは田坂伊織《たさかいおり》、山崎と組むことが多い同心で、神田川の北側、浅草から本郷《ほんごう》、駒込《こまごめ》辺りまでを受け持ちにしている。岡っ引きのほうはおおよそ下谷の西半分を縄張りとしている男で、山道《やまみち》の茂造《しげぞう》と呼ばれていた。

ちなみに山道とは、下谷坂本町一丁目から御切手町《ごきってまち》のほうへ抜ける政右衛門横《まさえもんよこ》丁《ちよう》の古い呼び名だ。寛永寺のあたり一帯が「忍《しのぶ》ケ丘《おか》」とか「上野の山」と呼ばれる丘陵《きゆうりよう》であることから、ついた名称だろう。

「やっぱり、夜中の騒ぎを聞いてた者が何人かおりました」

田坂が山崎へ報告する。

「何どきごろのこったい」

「八つ半（午前三時ごろ）ぐれえじゃなかったか、って言ってる者が多いようで。ただし真夜中のこってすし、みんな眠りを妨《さまた》げられて、起きようかどうしようかって迷ってるうちに静かになったってこってすから、あんまり定かじゃありません」

旅に出る商人が見つけたのが七つ半（午前五時ごろ）過ぎだから、一刻（約二時間）程度は水に浸かっていたことになろう。

「じゃあ、誰も起き出して外に出た者はいねえんだな」

「あんまりうるせえんで、掻巻《かいまき》撥《は》ね除《の》けて表に出ようとしたところが、静かになったんでやめたって野郎が一人いました。そのまんま寝ちまったって言ってんですけど……」

「何でえ、どうしたい」

「それが、あんまり急に静かになったんで、格子窓《こうしまど》の隙間からちょいと外を見たような気もするって言ってんですけどね、見えたもんが見えたもんなんで、当人も『夢だったかもしれねえ』なんて、頼りねえ話をしてまして」

「で？　何を見たって」

「その窓からは確かに橋んとこは見えるんですが、もう人の姿はなくって、橋の上にボウッとした明かりが三つ、四つ、フラついてたそうで」

山崎の顔が引き締まった。

「じゃあ、堀に落ちた遺骸さんを、提灯照らして覗き込んでた野郎どもがいたかもしれねえってことかい」

山崎の気負いを、田坂は戸惑い顔で見返した。

「それが、ですねえ。どうもその明かりってえのが、家の軒《のき》ほどの高さだったって話で」

そのひと言で、山崎の気勢は殺《そ》がれた。堀川の中の様子を探ろうと提灯を突き出したなら、見えた明かりは、むしろ地面にほど近いぐらいまで低かったはずだ。

「だから、当人も夢だったんじゃねえかと」

まるで己の失敗《しくじ》りを言い訳するような田坂のもの言いを無視して、山崎は周囲を見回した。街道の上には物見高い野次馬が連なってこっちを見ているが、その背後を通り抜ける旅装の者たちも多い。

「山崎さん、ここじゃいってえ、何があったんでしょうかね」

田坂が伺いを立ててきた。

「さあな。まだ『これこれこうだ』と断ずるなぁ早えや。けど、見た感じからすると、こんな見当か。

酔っ払いの三人組がヨタヨタやってきて一人が堀に落ち、残りが助けようとして足ぃ滑らせ、結局みんな落っこっちまった。普段なら簡単に立てるとこでも、みんな酔っ払いだからモタモタ仲間が立ち上がる邪魔をしあってるうちに、一人残らず溺れちまった――てえ筋立てさ」

そばで聞いていた茂造が口を挟んでくる。

「三人のうち、最後の一人もですかい」

「堀ん中で三人、ずっともつれ合ってたのかもしれねえ。あるいは、最後の一人はなんとか立ち上がることたぁできたけど、溺れ死んだ仲間に蹴躓《けつまず》いて、もういっぺんバシャン。体を立て直そうにも、仲間の死骸が邪魔んなって手を突っ張ることすらろくろくできねえ。で、そのまんまお陀仏《だぶつ》だ——ねえこっちゃねえだろ?」

茂造は感心したように大きく目を見開いて頷いたが、田坂は得心していないようだ。

「でも、三人とも金剛杖に白装束ですぜ。そんな連中が、体の自由が利かなくなるまで酔っ払う、なんてことをやるもんですかね」

去年の暮れ、真夜中に起きた辻斬《つじぎ》り騒動で、呑みすぎて呼び出しに応じられなかった山崎の代わりに小磯が出張ってくれて、この田坂と組んだことがあった。それ以来、田坂は山崎の言うことに得心しなくなる場面が増えたような気がする。

それでも、山崎が腹を立てるようなことはない。定町廻りが真実の探求に己の頭を巡らせるのは、御番所にとっても江戸の町にとっても有益なことだと思うからだ。

山崎は、街道のほうではなく自分が立つ道の先、東の方角を見やった。

「こっちへまっすぐ行くと、吉原へ突き当たるな」

岡っ引きの茂造が、へい、と戸惑い気味に返事をする。

「ならご苦労だけど、ちょいと足ぃ延ばして聞き込んできちゃくれねえか。ひょっとするとだが、白装束の三人組について、何か面白え話が聞けるかもしれねえぜ」

夜中に妙な明かりが溺死人の近くで灯っていた、というような話をどこかで耳にしたような気がするが、思い出せなかった。田坂が何も言い出さないところからすると、ただの思い違いかもしれない。

このごろは、お役目以外で頭の痛いことが積み重なっている。そのせいで疎《おろそ》かにしているつもりはないものの、今ひとつ気分が乗っていないこともまた事実だった。

己よりもずっと腕っこきの小磯なら、どういう見立てをしただろうかと山崎は思った。しかし、相談することはないだろう。これは己の受け持ちで見つかった死人であり、己が最後まで尻を持つべきことだからだ。

当人の自己評価よりも、山崎は腕のいい同心だ。ために、吉原に着目する勘のよさを発揮した。

しかしその結果、山崎がこの場で示した見立てがそのまま一件の経緯として記録に残される、という結末を迎えることになりそうだった。

五

深夜の下谷金杉町に、二つの人影が立った。討魔衆壱の小組の組頭である無《む》量《りょう》と、組子の一人である一本棒のように痩《や》せた浪人、千々岩刑部《ちぢいわぎょうぶ》だ。二人は、万吉ら職人三人が死んだ堀川の上に架かる小橋に足を進め、周囲を見回した。

「ずいぶんと町中だな」

一本棒のような千々岩が感想を漏らす。

「前回の神田堀だとて火除地ではあっても、その外側はここよりも人家が建て込んでおったわ」

無量がぼそりと返した。確かに、これまで芽吹きが生じたどの場所よりも、このたび顕れた明かりは賑やかなところに出没していた。

「しかし、やはり人目のない深夜」

組子のこの考えを、無量は「いや」と否定した。

「もし、両国橋で天蓋のところの小娘が消えたときに顕れたのと同じモノなれば、それは衆人環視《しゅうじんかんし》の中にも出てくるということぞ」

無量らが体験した中で言うと、これまでの芽吹きでは見られない習性だった。

「では、我らが芽を摘むべき相手ではないと？」

「はて、どうであろうな。違うとはっきり断じられるなれば、我らはこのように出張ってきておらぬ」

千々岩は興が乗ったように「確かにの」と応じた。

「なれば、どのように確かめなさる」

さらなる問いに、無量は他人事のように言った。

「出てこぬようなれば、我らに確かめる手立てはなしか……」

「？」

疑問顔の組子を、無量は意味ありげに見やる。

「なんとなれば、我らには向こうを捜し出す能力はないからの」

「……天蓋の小組の、小僧？」

「何であれ、使いようはあるということかもしれぬの」

禅問答のようなやり取りに千々岩が焦《じ》れ始めたとき、無量の様子が変わった。

「そなたの懸念は、無用のものであったようだ」

小頭の言葉に、千々岩は橋の下を流れる用水堀に目をやる。

黒々とした闇が広がるだけのはずが、薄ぼんやりとではあっても微かに様子が確認できた。

堀の側面で生える草に影ができており、その影が前方から次第に後ろへ下がっていく。そして、橋の下から明かりが顕れた。

「神田堀では二つであったが、こたびはもう少し多いらしいぞ。気をつけよ」

無量の警告に、千々岩は別なことを問う。

「小頭、ここらの家の中でまだ起きている者は」

芽なら摘まねばならぬし、たとえ芽吹きではなくとも己らの身は守るのが当然のことだ。しかしながら、己らの討魔の業を関わりなき者らに見られるわけにはいかなかった。

「起きておる者はおらぬようだ――そしてこれよりは、儂《わし》が抑える」

無量は左手で首に掛けた数珠《じゆず》をまさぐると、右手を片手拝みにして経を誦《ず》し始めた。無量は誰かの手を借りてのことか、周囲の町家の屋内のことを把握し、そしてそこにいる人々を寝静まらせておくことは、独力でできるようだった。

無量が闘う環境を整えることに専念したために、実際に相手と対峙《たいじ》するのは千々岩一人に任されることになった。それでも、千々岩に臆する様子は少しも見られない。

顕れた明かりは、やはり一つではなかった。次々に橋の下から出てきた明かりの数は、合わせて七つ。神田堀のときの、三倍以上だ。

千々岩は落ち着き払って腰の刀を引き抜くと、己の顔の右脇にスラリと立て、八相《はっそう》に取った。

明かりはしばらく道より低い堀川の窪《くぼ》みを漂っていたが、千々岩から離れたところで高度を上げた。その高さ、およそ七尺（二メートル強）。

宙に舞い上がった明かりは、列をなして千々岩の頭上へと向かってきた。

千々岩は、無言で明かりの動きを見ている。

明かりの列は、千々岩のすぐ直上までは到達せずに、やや互いの距離を空けながら円を作っていった。

七個の明かりが、千々岩を取り囲むように上空で回転し始める。

千々岩は無言のまま、目を細めるようにして攻撃の取っ掛かりを探っているようだった。

宙空で円を描く明かりは、速度を速めながら輪の大きさを縮め始めた。高度も、わずかに落ちてきたようだ。

万吉らには一つずつの明かりがぶつかって体ごと飛ばしたものを、千々岩には四方八方からいっせいに向かっていく動きだと思えた。

明かりの速度がさらに上がり、輪が縮まる——輪がほどけていっせいに千々岩に向かうかと思われたそのとき——輪の外の暗闇から、何やら黒くて細い線のような物が矢の飛ぶ迅《はや》さでスルスルと延びてきた。

線状の物は、明かりの一つに当たってピシリと音を立てる。すると明かりは、とたんに消えてしまった。

線状の物の動きはそれだけでは止まらない。真っ直ぐだった線状の物に闇の中からうねりが伝えられていくと、先端が躍《おど》るように動いて、最初から狙っていたかのように隣の明かりも強く打ち据えた。さらにその隣も——。

それらの明かりも、打たれたとたんにパッと消えてしまう。

残る四つの明かりは、突如《とつじょ》連携を崩されて、混乱を来《きた》したかのように動きに乱れが生じた。

いつの間にか、千々岩が動いている。迷走する明かりの中に自ら飛び込んで、舞うように二度、三度と刀を振るった。

千々岩が振るい終わって残心に取ったとき、宙に浮かぶ明かりは一つも残っていなかった。

千々岩が、残心を解いて懐の懐紙で丁寧に刀身を拭い、納刀《のうとう》する。その顔は、明かりを打ち砕いた線状の物体が、伸ばされてきたほうへ向いていた。

「余計なことを」

千々岩が、暗闇に向かって呟いた。闇の中から返ってきた応えは、女の声だった。

「下手に怪我でもされて、次の出番のときに寝込まれたんじゃ、あたしらが余計な苦労を背負わされるからね」

「取り越し苦労《しょ》よ——それよりお艶《えん》、そなたらには小頭より別の任が与えられていたはずだが」

暗闇から、女が姿を現した。千々岩とは対照的にふくよかな大年増《おおどしま》で、その右手には束ねられた縄《なわ》状の物——真っ黒な鞭《むち》が握られている。

お艶と呼ばれた女は、つまらなそうに千々岩に返答した。

「あんなのは、磐角《ばんかく》一人で十分だ。ほれ、もう燻《いぶ》り出すとこだよ」

いつの間に降りたのか、堀川の中には総髪《そうはつ》でがっしりとした体格の男が一人、橋のほうを向いて佇立《ちょりつ》していた。右手に持った長い棒は一方の端を直上へ向けて立てている。

じっと橋の下の暗闇を見据えていた男は、大股で二歩ほど飛ぶように足を進めただけで、次の瞬間には橋が作る影のすぐ手前にいた。すでに、手の棒に左手を添え、右肘《みぎひじ》を引いて突きの体勢になっている。

磐角という名らしい大男は、躊躇う様子ひとつなく、そのまま手の棒を無造作とも思える大胆さで暗闇の中へ突き入れた。

ガハッ。

闇の中で苦悶《くもん》の声が上がり、堀川の反対側に転がり出た人影があった。

そのときには、磐角は体つきに似合わぬ身軽さで宙へと跳躍し、橋の上に着地していた。

磐角に突き出された人影は、橋に背を向け、堀川の中を逃走しようとした。しかし、体に受けた損傷は軽くない様子で、足取りに力強さが欠けている。

左足を踏み出したとき、体の均衡《きんこう》を崩し大きくよろめいた。

橋の上からじっと見下ろしていた磐角が、手の棒を投げつける。

ゲッ。

逃げようとしていた人影は、磐角が投じた棒によって体を貫かれていた。

前のめりに倒れそうになり——一瞬、己の二本の足と体を貫いた磐角の棒が支えとなって体の傾倒が止まった。

しかし、力を失っている体はすぐに上体が捻《ねじ》れ、水音を立てて水中に没した。

磐角は、橋の上から倒れた男のほうへフワリと飛び降りる。堀川の流れに着水したとき、水音はほとんど立たなかった。

「これで終わったね」

お艶と呼ばれた女が言う。千々岩が疑問を口にした。

「しかしあれは、芽吹きだったのか……」

「あの男の死骸は、耳目衆に運んでもらう。体を調べれば、何か判るかもしれぬ」

読経をやめた無量が応じた。

三人が集まっているところへ、棒を回収した磐角も歩み寄る。

「磐角。簡単に得物を手放すなと、いつも言っておろう」

仲間の闘い方に、千々岩が苦言を呈《てい》した。

「こたびは、そなたらがそばにおったゆえ。それに、離したとはいえすぐに手許へ戻せるほど近くだ」

ボソリと、磐角が言い訳する。

「では、戻るぞ」

無量が、己の小組の組子らに宣言した。体の向きを変えようとして、チラリと背後を振り返る。

「明かりを操っておった者は、やはり近くにいた――備えは、無駄であったの」

独り言のように呟き、小組の先陣を切って歩き始めた。

無量が一瞬だけ送った視線の先――下谷金杉町の町家に隠れるように、佇む人物が二人いた。前回の神田堀のときと同様、隠れ潜んで明かりを操る者を探り出せぬ場合に備えて呼び出されていた、天蓋と一亮だった。

※

どこかの暗闇の中。

そこは、天蓋らをつけ狙い、弐の小組を壊滅させたモノが潜んでいた場所によく似ていた。

〈扈従が、死んだか……〉

声にならぬ声を上げたのは、本来の長き眠りを中断し、目覚めた穢王だった。

両国橋では長臣と若臣の二人が任に当たったため、「今度は是非《ぜひ》にも私めを」と扈従に強く願われていた。ために、いくらか危惧を覚えながらも出してやったのだ。

〈しかし、そなたの死を無駄にはせぬぞ。そなたが身を挺して闘い、我に試しの機会を与えてくれたのじゃ。

間もなく、間もなく我が技は完成する。そのときこそ、我が妹《いも》の仇を取る。扈従、そなたの仇も一緒に、の。なんとなれば、手許に道具が揃い、その扱いも十分手慣れてきたゆえ――〉

声にならぬ声の主である、穢王だけかと思われたその場所には、息をする人影がもう一つあった。

闇に包まれたまま、どこを見、何を思うのか、意志の存在を全く感じさせせぬ姿で横たわる、早雪だった。

第五章　決戦

一

大川とその支流である綾瀬川《あやせがわ》に区切られることによって形作られている向島には、もともとの小川もあれば、人の手で掘られた大小の堀川もあった。その向島の中央部南側では、それらの中でも大きな二本の流れが交差している。

北西方向から南東方向へ流れるのが請地古川《うけちふるかわ》、北東方向から南西方向に延びる流れを亀有上水《かめありじようすい》（古上水《こじようすい》）と呼ぶ。二本の流れが交わる場所の橋は何度か場所を移して架け替えられたようだが、この時代には川が交差する北西側と南西側の、二辺それぞれに橋が架けられていた。

川二本が交わった東側の角地にはいくつかの寺社が建ち並んでいるが、その他の三方は全て田畑が広がっている。点在する百姓家を除いて人家はなく、この時代ならほぼ「どこでもそうだ」といえるのではあるけれど、夜になると人っ子一人いない、もの凄《すさ》まじさを覚えるような侘《わび》しい場所だった。

そんな道を歩く、一人の百姓がいた。杢兵衛《もくべえ》という名のこの男は、小梅瓦町《こうめかわらまち》の小さな酒問屋に嫁いだ娘のところを訪ねた帰りだった。「見事に太い鰻《うなぎ》の大物が捕れたので、土用《どよう》にはちょっと早いが持ってきてやった」というのが口実だ。

実際には生まれて間もない孫の顔が見たかっただけなのだが、嬉しいことに娘婿《むすめむこ》が引き留めてくれて、「孫の顔を見ながら一杯」という流れになった。

娘夫婦は「泊まっていけ」とも言ってくれたものの、まさか婆さん一人に留守番をさせておくわけにもいかない。それを理由に娘婿の見世を後にしたのは、もうとっぷりと陽が暮れた後だった。

——俺だけ孫と長いこといて、婆さんきっと焼き餅焼くだろうな。

そうは思っても、顔がニヤけるのを抑えることができない。今はまだ、婆さんの不機嫌よりも可愛い孫に会えた満足のほうがずっと大きかった。

杢兵衛は、己の家がある喜左衛門新田《きざえもんしんでん》へ向けて亀有上水沿いの道を北上していった。道は緩やかに右へ曲がっており、やがて前方右手に森や社《やしろ》が見えてくる。

すると、行く手にぼんやりとした明かりが一つ見えてきた。

――こんな暗くなってから、誰か歩いてきたかい。

とはいえ、向こうからやってくるとすれば、町家のある本所のほうへ向かっているることになるから不自然さはない。むしろ、人寂しいほうへ歩いていくのはこっちだ。

――不審がられるとすりゃあ、俺が向こうさんからだな。

そう、思い直して足を進めた。

奇異に思うのが遅れたのは、頭の中で、さっきまで会っていた可愛い孫の顔を、ずっと反芻《はんすう》していたからだ。それでも、目を閉じたり地面だけを見ていたわけではないから、近づいていけば「どこか妙だ」と己の無意識が訴えかけてくる。

目を正面に据えてじっと観察してみると、前方に見える明かりがほとんど動いていないことに気づいた。

――誰かを待ってるのか。あんなとこで？

考えながらも、足は動いている。

――まさか！　誰か、川に流されたとかいうんじゃあるまいな。

じっと目を凝《こ》らしてみる。自然と、表情は引き締まっていた。

するとどうやら明かりは一つだけではなさそうだということが判ってくる。

ならば、こんな刻限の誰もいないような場所で、人を待っているということはあるまい。

——たいへんだ。

こんな年寄りに手助けできることはなさそうな気もするが、ともかく声を掛けて事情を訊いてみてからだ。杢兵衛は明かりへ向けて足を早めた。

もう、孫のことは頭の中から消えていた。何か向こうにいる人たちの話し声でも聞こえないかと耳を澄ませながら、息を荒くして足を進める。

と、どんどん近づいたことによって目の前の光景がはっきりしてきて、杢兵衛の足が止まった。

——誰もいない？

明かりはある。しかし、それを手にしているはずの人影が明かりに映し出されることはなく、薄闇だけが広がっている。

——じゃあ、ありゃあ……

杢兵衛は、茫然と立ち竦《すく》んだ。目の前に見える物が何なのか理解することを、頭が拒絶していた。

しかしそれも、いつまでも続くわけではない。心は、己の知識にある中で当てはまる物を勝手に見つけ出してくる。

――人魂！　しかも、あんなに多く……

ジリッと、己の足元が音を立てた。我知らず腰が引けて右足をわずかに下げたため、履《は》いていた草鞋《わらじ》が土を躙《にじ》った音だった。

まさか、それが視線の向こうで浮遊する明かりに聞こえたわけではあるまい。しかし、杢兵衛の体がわずかながら後ろへ下がったのに合わせるように、宙に浮かぶ明かりがこちらへ近寄ってきた。

まるで、「怖がることはないから、こっちへおいで」とでもいうように……。

「ヒッ」

杢兵衛の口から短い悲鳴が上がる。明かりは、ゆっくりとではあるが真っ直ぐこちらへ向かってきているようだ。

一歩、二歩後退《あとずさ》る。さらに、大股になって三歩、四歩と後退した。後ろも見ずに下がったために――目の前の明かりから目を離すことなどとてもできなかったのだが、ともかくそれで転びそうになり、倒れたら腕から地面につこうと思わず身を庇って、自然と体を捻る格好になった。

体勢は大きく崩したものの、なんとか転ばずに踏ん張れた。

意図したことではなくともいったん目が離れてしまえば、再度振り返って確認するより、その場から逃げ出すほうが先になる。顔を上げ後をも見ずに駆け出そうとして——足が出せずに止まってしまった。

「こ、こんな……」

振り返った視界いっぱいに、無数の明かりが乱舞していた。


南町奉行所定町廻りの村田直作は、川から引き上げられた死骸を見下ろしながら仏頂面《ぶっちょうづら》をしていた。場所は向島請地村《うけちむら》、請地古川と亀有上水が交わった西側の一角だ。

近くに自身番がなく、死骸は地べたにそのまま寝かせて筵《むしろ》を掛けられていた。

市中見回りのため深川へ足を向けたところで知らせを受けたという状況だったから、臨時廻りは同道していない。ご注進にきた下っ引きにざっと話を聞いたところ、ただ酔っ払いが足を滑らせただけだとしか思われなかったため、供をしてきた手先を御番所へやって、自分が復帰するまでの市中見回りの代役を臨時廻りに願わせたのだった。

村田自身は、知らせにきた下っ引きを代わりの供にして、ここまでの案内をさせている。

村田はちらりと筵を捲《めく》って死人の顔を拝むと、すぐに立ち上がってしまった。

「で、どこの誰だか、もう摑めてんのかい」

「へい。こっから十数町（約一キロ半）ほど北へ行った喜左衛門新田てとこの百姓で、李兵衛って男です」

村田が手札を渡している岡っ引きで、知らせにきた下っ引きの親分でもある牛《ご》頭《ず》の勇吉《ゆうきち》がすぐに返事をしてきた。

勇吉の縄張りは、本当はもう少し西寄りの大川端のほうがほとんどなのだが、こんな田圃《たんぼ》と畑しかないようなところでは滅多《めった》に騒ぎも起きないため、縄張りにする岡っ引きはいない。何かあったときは、面倒見がよくてあくどいことを言わない勇吉が頼りにされて、呼び出されるのが常だった。

「もう陽も落ちてたろうに、百姓が手前の家から十町以上も離れたとこで何やってたんだ」

「娘が源森川《げんもりがわ》沿いの小梅瓦町に嫁いでやして、そこへ孫の顔を見にいったそうで」

「孫が可愛くて、ついつい家に戻るのが夜になっちまったってかい」

「引き留めた娘婿が、『こんなことになるんだったら、明るいうちに帰ってもらうんだった』って、悔やんでやした。その娘婿は、灘屋《なだや》って小さな酒問屋を営んでやす」

小梅瓦町は町家だから勇吉の縄張り内だ。さすがに普段からきちんと目を配っているようだった。

「酒は飲んでたのか」

「そんな大した量じゃなかったって、娘婿は言ってますが」

「それなりに、いい歳のようだからな」

年を取れば酒にも弱くなるだろうということだ。頷ける話だから、勇吉も黙って聞いている。

「そいで、見つけたなぁ?」

「野良《のら》に出た百姓で。そこへ、娘婿んとこの奉公人が通りかかって、手前の主の義父《おやじ》さんだって確かめたそうでさぁ」

「ほう、娘婿が探してたのかい」

「遺骸《ホトケ》さんの内儀《かみ》さん――姑のほうから『亭主が帰ってきてねえ』って使いがきたんで、まさかと思いながら手の空いた奉公人と手分けして探し歩いてたそうで」

「その内儀さんのほうは」

「足が悪いんで、自分じゃ遠くまで探しにいけなかったようですね。跡取り夫婦は一緒に住んでるんですけど、村の夏祭りの支度に夫婦ともども駆り出されてたとかで、昨日は帰りが遅かったようでやす。

朝になってから向こうは向こうで家の近くから探し始めて、それとは別に孫を灘屋へ使いに出したってこって」

勇吉の話からしても、遺骸さんの格好を見ても、大百姓ではなさそうだ。

「灘屋の景気は？」

「ここいらは、ご存じのとおり、料理茶屋の類が掃《は》いて捨てるほどありやすからね。小見世しか取引してるとこがなくても、何とかやってけるようで」

向島は江戸の郊外でも風光明媚《ふうこうめいび》なところとして知られており、武蔵屋《むさしや》や大七《たいしち》など、高名な料理茶屋も多かった。そのような有名料理屋との付き合いはなくとも、見世の数自体は多いから、それなりに引き合いはあるということだろう。

「しかし、小せえとはいえ酒問屋の内儀さんに、ただの百姓の娘かい」

そうした事情も、勇吉はきちんと把握していた。

「内儀さんとはいいえ、後妻です。元は、灘屋に下働きで入った女中だったそうで」

「旦那が下女に手ぇつけたかい」

よくある話といえばそうなのだが、それは「手をつける」まであって、嫁にするところまでいくのは稀《まれ》だった。

「前の内儀さんはもう死んでますし、親類縁者に煩型《うるさがた》もいねえみたいなんで、嫁に直すのはゴタゴタもなくすんなり決まったようですね。跡継ぎんなる子もできて、夫婦仲は悪くねえようでさぁ」

「前妻との間に子は」

「いたんですが、李兵衛の娘を後妻に入れる前に病で亡くなってます――ついでに申し上げときますと、その子が死んだ経緯《いきさつ》にゃあ、妙なとこはなさそうでした」

当時勇吉も注目して、こっそりと調べていたということだろう。

「他に、何か気になるとこは」

「今んところは何も」

そこまで確かめて、村田は肩の力を抜いた。

「なら、やっぱりただの故障（事故）だろう。遺骸さんは遺族に引き取らせて構わねえよ」

断を下した村田に、勇吉は「へい、承知致しやした」と返事をする。が、その声に微妙な感情が含まれているのを、村田は聞き逃さなかった。

「なんでえ、何か他にもあるのかぃ」

「いえ、大した話じゃねえんですが」

「何でもいいや、言ってみねえ」

「へえ、じゃあ——昨日の夜のこってすけどね、どうやらこの辺りでずいぶんと多くの狐火《きつねび》が飛んでたって話がありやして」

パッと見てすぐ数えられる程度なら火の玉とか人魂とか言われるが、あまり数が多くなると、獣が群れ集っているところからの連想であろう、狐火などと言われることが多かった。

「……誰が言ってんだ」

「直接確かめたわけじゃあねんですけど、秋葉権現《あきばごんげん》へ夜参りに行った者から聞いたって噂がチラホラと」

　秋葉権現は、二つの川の交わるところから三町ほど北西にある。当時、向島で最も有名な神社の一つだった。

「ふうん。狐に化かされて、蚯蚓《みみず》の蕎麦《そば》ぁ食わされるだけじゃ足りなくって、土左衛門《どざえもん》にまでされちまったかい」

　身も蓋《ふた》もない言い方をされてしまえば、それ以上言上《ごんじょう》できることはなかった。

「狐に化かされて殺された」などと、御番所の記録に残せるものでないことぐらい、ただの岡っ引きにも判る。

「まあ、また何か出てきたら知らせてくんな」

　それでも、村田は話を切り上げるに際し、叱りつけもせず皮肉も言わなかった。下について働く岡っ引きにとっては、十分いい旦那だと言える。

二

　深夜のあの堂宇。今宵も、評議の座と呼ばれる面々が顔を揃えていた。今は出席者全員へ向けて、取りまとめ役補佐の実尊が、向島請地村で見つかった水死人についての報告を終えたところだった。

「しかし、その芽吹きたるモノは、下谷金杉町ですでに芽を摘まれたのでは」

一座の中から、戸惑いの声が上がった。

討魔衆壱の小組によって斃された者の死骸は密かに運ばれ、耳目衆らによって細かく検分がなされている。その結果、体の造りが常人とは明らかに違う点がいくつか見つかり、「鬼――すなわち芽吹きたるモノで、ほぼ間違いなかろう」という結論が出ていた。

一座から出た疑問の声に、実尊が答える。

「見つかった死人の様子、人魂らしき明かりが見られていることなどを勘案すれば、これまでの一連の芽吹きと関わりはあると考えるべきかと。

一匹芽を摘んだとて、まだ眷属《けんぞく》がおるやもしれぬゆえ――先般の、水戸《みと》街道《かいどう》新宿《にいじゅく》や本所小梅村《こうめむら》で顕れたモノの例もござれば」

落ち着いた返答は、実尊が新たな己の役目に慣れてきたことを示すのであろう。

「そうではないかもしれませぬ」

皆が納得したところへ、異論を差し挟む者が出た。真っ直ぐ実尊のほうを見据えているのは、知音であった。

取りまとめ役の万象が発言する。

「知音、それはどういうことかの。先般の水戸街道新宿などでの一連の芽吹きについて、関わり合いをいち早く示唆《しさ》したのはそなただったではないか」

「確かに。その折には、芽を摘む場より逃げ出したモノもおりましたが、実際に芽吹きの業を示して無辜《むこ》の民を手に掛けたモノらは摘めましたゆえ、続く芽吹きについては同族と判断できました」

ここで、樊恵が口を挟む。

「こたびは、その場で鬼らしきモノを打ち倒しており、逃げ出したモノのいた気配はない。なれば、こたび続けて起きた事象はその眷属の仕業と見るのが妥当《だとう》ではないか」

「いいえ、確かに鬼らしきモノは打ち倒しておりますが、それが芽吹きの業を示した主体かというと、いささか疑念が残っておりまする」

「どういう疑念か。あの場に顕れた鬼は、彼《か》のモノだけだったはずではないか」

とは、万象。

「仰せのとおり、下谷金杉町で顕れたのは、彼のモノのみ——しかしながら、それ以前の両国橋や神田堀では、姿一つ見せてはおりませなんだ」

知音の返答に、樊恵が追及を続ける。

「以前の二カ所では上手く隠れおおせておったものを、下谷金杉町では壱の小組が首尾よく見つけたということであろう」

「さようでしょうか。神田堀では壱の小組の組子二人から執拗《しつよう》に捜されながらも気配ひとつ悟らせなかったモノが、続く下谷金杉町では一人だけに減った組子にあっさりと見つかっておる――皆様は、違和をお感じになりませぬか」

「壱の小組も二度目とあらば、今度こそと工夫を重ねたのであろう。妙なことではあるまい」

「さらに念を入れて捜そうとの決意は固めておったそうですが、特段の工夫を加えたとは聞いておりません。

よしんば壱の小組には愚僧に明かさぬ工夫があったとしても、捜すほうが新な手を打ってくることなど自明であろうに、見つかれば命も危ういほうが、上手く逃げられるよう頭を悩ましもせずに出てくるものでしょうか」

「相手は人に非《あら》ず、鬼ぞ。きちんとものを考えられるかどうかも判らぬし、怖れなどという感情を持っているかどうかすら量《はか》ることはできまい」

「にしても、下谷金杉町で摘まれた鬼は稚拙《ちせつ》に過ぎました。なにしろ本来は組子二人で捜すべきところを、『簡単に見つかりそうだから一人だけに任せてしまって、もう一人は奇妙な明かりと対峙していた別な組子の加勢に回る』という判断をさせて、そのとおりに始末されておるのですからな。

神田堀では気配ひとつ悟らせなかったモノが、たとえ捜すほうがそれまで以上の意欲を示したからとて、そう簡単に見破られてしまうものでしょうか」

二人の論争に決着がつかぬと判断した万象が口を挟んだ。

「では、知音は何だと申すか。して、その根拠は」

「はい、まずは根拠から申し上げましょう──下谷金杉町の芽を摘む場においては、壱の小組だけではなく、天蓋の小組より天蓋と一亮も立ち会っておりました」

知音の話を、樊恵が鋭く制する。

「待て。そのような話、この評議の座に上がってはおらぬぞ」

「芽を摘むために出張ったのではありませぬ。こたびも芽吹きたるモノが潜んでおるのに自分らではその気配が察せられぬことを危惧して、壱の小組の小頭から要請を受けてのこと」

一座の中から、「あの無量が」という驚きの声が上がった。

以前では考えられなかった行動に無量が出たのは、弐の小組と天蓋の小組が連携して成果を上げたこと、さらにはそうであったにもかかわらず、弐の小組が壊滅してしまったという衝撃がもたらしたものであろう。

もはや体面や矜持《きようじ》にこだわっていられるような状況ではないと、誇り高き壱の小組ですら認識を一部改めざるを得なくなったのは、命を張って闘っているのは自分らなのだという危機感から来ている。

万象が、樊恵の譴責《けんせき》を止めた。

「今は、とりあえずよい。それよりも、知音の話の続きを聞こう」

感謝の一揖《いちゆう》をした知音が、再び口を開いた。

「壱の小組は一亮の能力に頼ることなく鬼らしきモノを己らで見つけ出しましたが、一亮は一亮で、壱の小組には知覚できなかったことを感知しておりました」

「それは？」

「確かに壱の小組が斃した鬼らしきモノは、あの場に顕れた奇妙な明かりを操っておりました」

それならば余計な心配は不要であろうという顔つきになった樊恵を見返し、知音は語る。

「ただしそれは、顕れた明かり七個のうちおよそ半分。では残る三、四個は誰が操っていたかとなると、一亮は『感じられなんだ』と申しております。なれば、実際に摘まれた鬼以外に、両国橋や神田堀で明かりを操っておったのと同じモノも存在することになりましょう。

そして、壱の小組の組子が二人がかりで探索しても見つからず、芽を摘むその場へ直《じか》に赴《おもむ》いた一亮にすら気配を悟らせなかったとなると、あるいはやはり、あの場にはおらずに遠方から操っておったのやもしれませぬ」

「そんな話をどこまで信じられるものやら」

否定的な言葉を発した樊恵を、知音は無表情に見返す。

「それは、一亮がこれまで何を知覚しどう振る舞ってきたかで判断すべきかと存じまするが」

弐の小組を壊滅させた圧倒的な力を無効《むこう》にしたのも、早雪の助けを得た一亮が行ったことだった。さしもの樊恵も、それを否定することはできない。

万象が、疑問を口にする。

「しかし知音よ。その場に顕れずとも奇妙なる明かりを操ることができるなれば、なぜにあの場にわざわざ出向くようなまねをしたモノもおったのか。もはや斃してしもうたと、我らに安堵《あんど》させるためにか」

問われた知音は、なぜか曖昧《あいまい》な返答をした。

「そうかもしれませぬが、それよりも、こたび顕れた奇妙なる明かりへの対処をいかにするか、先にお示しいただけませぬか」

これには、実尊が口を出す。

「明かりへの対処と申しても、かようなモノが顕れたからには、また討魔衆に出てもらう――それより他にあるまい」

「確かにさようでございましょう――ただ愚僧は、出すにあたり相応の覚悟が必要だと皆様へ申し上げたく存じます」

「我らの覚悟が足らぬと?」

以前にも同様のやり取りがあったが、実尊の反問は前回よりも穏やかに返された。前回の反問は樊恵からだったという違いもあるが、何よりも、覚悟を求めた知音の主張が正しかったと、事後に認められたことが大きかろう。

知音は実尊へも一揖し、己の考えるところの詳細を述べた。

「下谷金杉町において奇妙なる明かりを操ったモノが全て斃されたかどうかは、

いったん置いておきましょう。我らには、それよりも先に着目せねばならぬことがございます。

両国橋の一件が一連のモノらの仕業かどうかについては疑いが残るところもございますが、とりあえずひとつながりの芽吹きだと仮定するならば、愚僧には、先方が我らを思惑通りの場所へ引きずり込まんとしているように見えておるのですが」

知音の言には常に懐疑的な樊恵が、異論を述べる。

「知音。それはいくら何でも穿《うが》ち過ぎではないのか。両国橋から神田堀の西部は西南西、神田堀西部から下谷金杉町へは北北東、金杉町から向島請地村へは東南東――方角も全く違えば、距離もずいぶんと離れておる。愚昧には、とてものこと何か意図あって場所が決められておるとは思えぬが」

「一連の騒ぎが同じモノらの仕業とすれば、両国橋での一件は早雪の拐《かどわ》かしが主眼であったと考えられます。討魔衆の城とも呼びうる奥山で暮らす早雪の拐かしは、そうそう機会がありませぬゆえ、両国橋での決行は、先方にとって自分らでは場所を選べぬ『その場でやらなければ仕方のない』企《くわだ》てだったと申せましょう。

従って、先方が己らの思いどおりに場所を選べたのは次からの三カ所。いずれも橋があって、水死人を出せるところという条件で探されたものと思われます。これも、我らに一連の水死が関連していると着目させるためのような気が致しますが――。

話を戻しますと、起点が両国橋に固定され、それから彼のモノが芽吹きに選んだ場所を辿っていくと、片仮名《かたかな》の『コ』の字を裏返したような形になります。しかも、コの字の開いているほうは、閉じているほうよりも狭くなっている――まるで、螺旋《らせん》を描こうとしているようには見えませぬか」

「螺旋？」

「旋風《つむじかぜ》にござります」

知音の発言の意味にいち早く気づいたのも、やはり楚恵だった。

「……そなた、こたびのモノは、先に弐の小組を潰したモノの仇を討とうとしていると申すか」

水戸街道新宿から始まったとされる一連の芽吹きを裏から支えていたモノは、ついに東海道まで天蓋の小組を追って恨《うら》みを晴らそうとした。このモノの芽吹きの業こそ、風を操り旋風を起こす、というものだったのである。

「あのモノも、己の産んだ鬼どもの仇を討とうとしておりました」

「なぜに、こたびのモノまでがそのようなことを?」

「はて。先に斃されたモノと、同じ理由なのやもしれませぬが」

「?」

「新宿や本所小梅村で芽を摘まれた鬼どもにあのような母親がいるなれば、どこかに父親がおってもおかしくはないはず」

一座に息を呑む気配が広がった。今天蓋が言及した「母親」のほうに当たるモノは、数度に亘《わた》って鬼を産んでいると思われていた。ならば、父親もどこかにいると考えるのは、言われてみれば確かに当然のことだ。

「もしそなたの申すとおり、螺旋を描くように芽吹きの場所を移動させておるとすれば――次は南南西、本所の割下水《わりげすい》辺りか……」

実尊の思料を、知音は「いえ、おそらくはそうではなかろうと」と否定する。

「どこが間違っておる?」

「両国橋を除くこれまでの二度は、いずれもこちらが手勢を出すのに付き合《お》うてくれましたゆえ」

「一度は、こちらの相手をするはずと?」

「それもまた、否《いな》と申し上げまするる。おそらくは、次こそ決戦の場と、彼のモノは考えておるのではと愚考致します――愚僧が皆様にお覚悟を求めたは、それがゆえ。

なおこれは定かな話ではありませぬが、溺れ死んでいる百姓が娘婿の家を出た刻限から実際に溺れたであろう刻限を推量すると、秋葉権現のほうから狐火が舞うのを見たという者が証言した刻限とは、一刻以上の差があるようにございます」

「……狐火の話が我らまで伝わるのを期待して、わざとやって見せたということか」

知音は無言で頭を下げた。

三

実尊が苛立ちを露《あら》わにする。

「知音、話が見えぬ。もっとはっきりとした根拠を示せ」

「はい、申し訳ありませせぬ。彼のモノも、最初は実尊様がお示しくだされたような段取りで進める肚《はら》づもりでいたのではと思われまする。

しかしながら、我らを相手に仇を討つための支度が、思ったよりもずっと捗《はかど》った。そこで、途中を省略して我らと直に対峙する時期を早めた——そう考えた根拠は、前回の下谷金杉町と、こたびの向島請地村という場所の決め方にあります」

「なぜその二カ所だと、決戦を早めたことになるのか」

「まずは下谷金杉町。ここがどのような場所かは、皆様に申し上げるまでもございますまいが、それでもあえて口にするなれば、上野寛永寺のすぐそばにございます」

一座を襲った沈黙は、「こたびの芽吹きたるモノは、過去の一連の討魔の業で摘んだ鬼どもの父親なのではないか」という推測を耳にしたときより、ずっと深かった。

するとここにいる評議の座や討魔衆、耳目衆という面々は、浅草寺だけではなく寛永寺とも何か浅からぬ関わりがあるのだろうか。

実尊が、気を取り直したように言う。

「寛永寺のそばというは、偶然やもしれぬ。次の、向島請地村は。あそこはただの、百姓地であろう」

「水死人が見つかったのは、請地村の川辺——対岸には何がございますか」

「？」

一座の中で、ハッと気づいた者が思わず口に出す。

「第六天社《だいろくてんしゃ》……」

一座が、ザワリと揺れた。

第六天社は、他化自在天《たけじざいてん》（第六天魔王《だいろくてんまおう》）を祀る神社である。浅草寺も寛永寺も、第六天社の別当寺《べっとうじ》（神社に付属する寺院）である正円寺《しょうえんじ》も、天台宗《てんだいしゅう》の寺院ではあるが、そのことと一座に広がった狼狽《ろうばい》には何か関わりがあるのであろうか。

皆が動揺を抑えられずにいる中、知音は淡々と続けた。

「それだけではございませぬ。向島請地村は、弐の小組を壊滅させたモノが潜んでおった塒《ねぐら》にもほど近《ちこ》うござりますれば」

「それゆえ決戦の地に選んだはずと？」

尋ねはしたものの、答えを求めてはいなかった。最近知音が口にするようになったこうした「予言」は、結果が出てみると、これまでほとんど当たってきたような気がする。

実尊が別な問いを発した理由は、この話が続くのを恐れて、無意識のうちに避けようとしたことにあるのかもしれない。

「ではそろそろ、そなたがいったん答えるのを留保した話に戻ろうかの――我らと対峙し、誘い込んで覆滅《ふくめつ》せんとするほど剛胆《ごうたん》なモノが、あの奇妙な明かりを遠くから自在に操れるのだとしたら、いったいなぜ下谷金杉町では仲間を芽吹きの場へ赴《おもむ》かせ、我らにあえて摘ませるようなまねをしたのか。

これまでのそなたの説が正しいならば、『我らを油断させるため』などといった理由は当たるまい。その後すぐに向島請地村で同様の手口を示したなれば、一件が落着したなどと思う者がおらぬことぐらい、赤子でも判るであろうからの」

「それは、顕れたる明かりの数が関わっておるのやもしれませぬ。両国橋では一つ、神田堀では二つ、そして下谷金杉町では七つでした。それが向島請地村では、数を数えられぬほどまで増えております。

そのうち討魔衆壱の小組が出た二カ所を見るに、神田堀では近くで操るモノの気配がなかったのに対し、金杉町では見つかっただけではなく摘まれてしもうた――しかし、一亮によれば見つかったモノが操っていた明かりは三つか四つ。残りは気配すら悟らせぬ別な何者かに操られていた」

じっと聞いていた僰恵が、思いついたことを口にする。

「すると、遠くから明かりを操るモノにとって、一度に操れる数には限度があるということか」

「そう考えれば、平仄《ひょうそく》が合いましょう――出現させられる明かりの数が十分増えてきたゆえ、討魔衆を誘《おび》き出し、覆滅する企てを実行に移す気になった。しかし、明かりを増やせるほどには、己が遠くから操れる数は増えない。ゆえに、足らないところを補うためのモノを現地へ配さざるを得なかった」

一座の中から、危惧の声が上がった。

「もし知音殿の考えが正しいならば、そのような危うい場へ討魔衆を出すというのはいかがなものか。すでに弐の小組を失い手駒を減らした我らとすれば、もうこれ以上の損失には耐えられませぬぞ」

この意見に反論したのは、皆に危険の存在を知らしめた知音自身だった。

「出さずに捨て置くというやり方は悪手《あくしゅ》だと、愚僧は考えまする。もし我らが放置すれば、彼のモノはますます力を増大させ、やがては思うがままの数の明かりを出現させて、その全てを遠くにあって自在に操ることができるようになりましょう。

そうなってからでは、もはや彼のモノに対抗する術はありませぬ。こちらが芽を摘みに行こうが行くまいが、向こうは好きなときに好きなところへ好きな数だけ自在に明かりを出現させられるのですから。我らは、彼のモノにはいっさい手も触れられぬまま、数限りなく顕れる明かりに翻弄《ほんろう》されて、滅ぼされるばかりになりましょうぞ。

しかし今なれば、明かりの数は十分増やせても、それを全て遠隔地から操ることはまだ無理なはず。こたびの一連の芽吹きを画策したモノは、必ずや現地に顕れましょう。いかに遠隔地から操れるモノとて、実際にその場にいたほうが操る数は増えましょうし、最後の決着をつける場となれば、己にできる最大限の明かりを投入せんとするでしょうからな。そこを捕らえて芽を摘む――我らに残された手立ては、それしかないと存じます」

「さりながら、知音殿の言う『まだ遠隔地からでは十分操れぬはず』というのはただの憶測に過ぎないのではござりませぬか。

さらに、こちらが出向いたとて、向こうはまた眷属を出してくるばかりにて、肝心要《かんじんかなめ》の明かりを生み出没させせられるモノは出てこぬかもしれませぬぞ。それでは、討魔衆を無益な危険に曝《さら》すばかりでございましょう」

　知音は、深く頷く。

「確かに、おっしゃるとおりでございます。愚僧は、貴僧が仰せになったことを否定する材料は一つも持ち合わせておりませぬ――しかし、それでもなお、今出すよりないと強く申し上げまする。なんとなれば、今ならまだ間に合うやもしれぬからです。これが遅れれば遅れるだけ、勝ち目は今よりもどんどん薄くなり、やがて遠からず無となりましょうほどに」

「一同、いかに」

　取りまとめ役の万象が、皆を見渡した。待っても一人として応答がないのを確認し、さらに問う。

「異論のある者がおるならば、臆せず述べよ。口を開かぬ者は、知音に同意したと見なすぞ」

　それでも、寂《せき》として声はない。じっと目を瞑《つむ》って皆の反応を待っていた万象は、ついに断じた。

「では、向島請地村へ、芽を摘ませるため討魔衆を出す――こたび評議の座は、満場一致でそう決した。よいな?」

下手をすれば——いや、よほどの幸運に恵まれなければ、江戸の討魔衆は壊滅の危機に瀕《ひん》するかもしれない決断を、万象は下した。どのような結果になっても、その責めは己の一身で負う覚悟であった。

「知音よ」

すでに評議は決したにもかかわらず、樊恵が呼び掛けてきた。

「そなたは、こたびの一連の芽吹きを同じモノによる仕業と断じた。それは、両国橋の件も含めてのこと——なれば、早雪はそのモノに囚われておると、そなたは考えるのだな」

知音は樊恵を見つめ、無言で頷いた。

「そのモノは、奇妙なる明かりの出現させる数を急に増やせるようになり、そこまでの早さはなくとも、遠くから操れる明かりの数も増やしていった。

さようなことができるようになったのはなぜか——早雪を手中にしたからであろう。他人の持つ能力を増幅させる早雪の力がいかにすれば発揮させられるか、その術を徐々に会得《えとく》しつつあるということではないか」

樊恵の言葉に、知音は沈黙を守る。

「なれば、討魔衆が敗れぬための方策は、直接彼のモノを摘んでしまう以外に、もう一つある――早雪を亡き者としてしまえばよい」

まとめ役補佐の実尊が「樊恵殿」と呼び掛けても、樊恵は見向きもせずに知音へ語り続けた。

「なんとなれば、一亮は早雪のおらぬところで彼《か》ほどの力を発揮することはなく、奥州で早雪を閉じ込めておった鬼も、順調に仲間を増やせるようになった後も早雪を手放さなんだ。つまりは、早雪さえ除けば、こたびの明かりを操るモノも、一つか二つを操るのがせいぜいという本来の有りように戻る。

さらに言えば、早雪は己が能力を増幅させる相手のそばにいない限りその力を発揮できぬ。ゆえに、もし明かりを操るモノが討魔衆の前にでてくるならば、そこにはきっと早雪の姿もあるはず――違うか、知音」

それでも、知音は無言を貫いた。

樊恵の顔が、ようやく一座の取りまとめ役のほうへ向く。

「万象様、討魔衆を出すにあたり、こうお命じくださされますよう進言申し上げる――『明かりを操るモノ、あるいは早雪、いずれでも構わぬゆえ斃せるほうを斃せ。両方可能ならば両方ともに』、と。

天蓋が早雪をこの江戸へ連れて参ったとき、『芽吹きもしておらぬ者を手に掛けるなど、僧侶の振る舞いに非ず』と誹謗《ひぼう》されたが、ことここに至っては、もはやさようなことを言ってはおられますまい。今はまごうかたなき討魔衆存亡の危機にござりますからな。討魔衆が江戸より消えればこの江戸は、そして日の本は地獄と化すことが明らかなれば、いかに早雪が無辜の者だとしても死んでもらうのはやむをえぬこと。

万象様、よろしゅうございますな」

万象は即答せず、「知音」と考えを求めた。

名を呼ばれた男は、ようやく口を開いた。

「いずれにせよ、討魔衆の赴いた場がどうなるか。その場になってみなければ、どう対処すべきかは決まりますまい」

そこまでが、知音に言える精一杯だった。

四

請地村で百姓杢兵衛の溺死体が上がり、浅草の名も知られぬ堂宇で評議の座が集った翌日の夕刻。

八丁堀に建ち並ぶ同心屋敷を訪れた、一人の男がいた。

「ご免下さいまし。いつもこんな刻限に申し訳ありやせん」

遠慮がちな声に、下女ではなく同心の内儀《ないぎ》が自ら顔を出した。南町奉行所臨時廻り同心小磯文吾郎の妻、絹江だった。

「あら、勇吉さん。旦那様は、まだお帰りではありませんよ」

「へい、存じ上げておりやす。申し訳ありやせんが、また庭先で待たせていただけねえかと――」

「いいえ、お断りします」

いつもは優しいお内儀様から、思いも掛けずきっぱりと拒絶されたことに、向島の岡っ引き勇吉は「え?」と驚きの声を上げて固まってしまった。

絹江は、勇吉を見ながら続ける。

「庭先はいけません。まだ蒸し暑いですし、陽が暮れると蚊《か》も飛んできますから。待つんだったら、きちんと座敷へお上がりなさい」

「いえ、そんな、お内儀様」

「嫌だっていうなら、お帰りなさい――ああそれから、途中で旦那様を捉まえるのもお断りですよ。お話があるなら、ここの座敷でしてもらいますからね」

「ご勘弁いただけねえでしょうか」

「いいえ、ダメです。今日という今日は、最初っから上がってもらいますから——お里《さと》、お客様に濯《すす》ぎの水をお願い」

下女に、足を濯ぐための盥《たらい》まで申しつけてしまった。

「さあ、逃げられませんよ」

胸を張って言う絹江には、勇吉も降参するよりなかった。


家に戻ってみると、訪ねてきた勇吉が今日は座敷で待っていると聞いて驚いた顔になった小磯であったが、すぐに着替えて客の待つ部屋へ向かった。行ってみると、勇吉は蚊遣《かや》りの焚《た》かれた部屋の隅で小さくなって、なんとも済まなそうな顔で小磯を迎えた。

小磯の茶と、勇吉のための淹れ替えを持ち込んだ絹江が去った後、小磯が問うた。

「しばらくぶりだねえ。また何かあったかい」

向島で起きた一連の不審死を小磯が独自に調べるのへ、勇吉が手を貸したというのが二人の関わり合う契機であった。小磯が、勇吉の旦那である定町廻りの村田を通じて勇吉に協力を仰《あお》いだ不審死は、北町奉行所の扱いとなって小磯の手から離れている。

小磯は以前に起こった別の一件を探索する中、関連を疑って向島の不審死にも手を出したのだが、具体的な関わり合いも見つけられぬままに終わってしまった。

その後、己の縄張り外ながら小磯の調べと関わりがありそうな殺しを嗅《か》ぎつけた勇吉から小磯へと相談が持ち掛けられ、小磯の新たな探索が始まっている。しかし、こちらの一件も解決を見ぬまま月日だけが経っているという状況だった。

そんな中での勇吉の訪問である。「あの一件でもう新たな動きは起こるまい」と考えている小磯ではあったが、何かあったのではと期待する気持ちがなかったといえば嘘になる。

「いや、たいへん申し訳ねえんですけど、前の一件につながる話ゃあ、何にも拾えちゃおりやせん」

小磯は、内心わずかに覚えた落胆を、全く顔に出すことなく問い掛ける。

「ほぉ。じゃあ、今日はどうしたぃ。おいらにナンか頼みてえこってもできたかい」

「へえ――ホントは旦那に申し上げるようなこっちゃねえんですけど、ちょいと気になることがありやしたんで、ご相談できねえかと」

「フム。何だか判らねえけど、ともかく話してみな」

小磯の促しに従い、勇吉は前日に請地村の川辺で上がった溺死人の話をした。

黙って最後まで聞いていた小磯は、温《ぬる》くなった茶を飲み干してからようやく口を開いた。

「で、村田の出した見立てに得心がいかなくって、こうやっておいらのとこへ来たってかい」

「いや、村田の旦那のことを、どうこう申し上げてえワケじゃあねえんですけど」

そういう言い方になるのは、自分が手札を頂戴している旦那についてであるから、当然のことだろう。

「で、お前さんがも一つ腑《ふ》に落ちてねえのは、その百姓が溺れ死んだときに、狐火みてえなモンが飛び回ってたからかい」

勇吉は頭を掻いた。

「そう言われちまうと、まるで餓鬼《がき》か信心深《ぶけ》え婆さんみてえですが。後は、溺れ死んだ百姓はさほど飲んじゃいなかったし、このごろは夕立もなかったんで道がぬかるんだりもしてなかったのに、いってえなんで川に嵌《は》まるようなことになっちまったのか、てえぐれえなんですけど」

小磯は、空になった湯吞を手に持ったまま、勇吉から聞いた話をもう一度頭の中で検討してみた。そして、結論を口にする。

「まぁ、おいらが村田でも、おんなし見立てをすンだろうよ」

勇吉は己の前の畳《たたみ》を見ながら「はあ、やっぱり」と漏らした。

「まぁ、ここで一緒に晩飯でも食って、元気出すこったな」

「いや、そんな。埒《らち》もねえ話を持ち込んで旦那にご迷惑をお掛けしたのに、そんな厚かましいまねなんぞ、できるこっちゃありやせん。どうか、ご勘弁を」

「食ってってもらわねえとならねえんだよ――ただし、こたびは早飯《はやめし》すんぜ」

「いやそんな――え、早飯？」

「おおよ、食い終わったら、さっそくその溺れ死んだ百姓が見っかったとこへ案内してもらいてえからな」

「旦那……」

「ただし、今宵何かが見っかっても見っからなくっても、この話ゃあこれっきりだ」

　勇吉は、じっとこちらを見てくる小磯を見返した。

「勇吉、お前このごろ、旦那の村田たぁどうだ。しっくりいってんのかい」

「ええ、以前とおんなじように使っていただいてるつもりですが」

「そうかい。なら、いいんだが――お前さんの人のいいのにつけ込んで、便利使いしてたおいらが悪かったと、ちょいと反省してたのさ」

「いや、そんな」

「お前さんは、定町廻りの村田直作から手札を頂戴してる御用聞きだ。何より、村田を立てて御用を勤めなきゃならねえ」

「へえ。旦那のおっしゃるとおりで」

「それを、横合いからひょいと出てきて、お前さんにあれをやれの、これをやれの、好き勝手言い始めたのがおいらだかんな」

「いえ、あっしのほうが、小磯の旦那に頼りすぎちまいまして」

「まあ、そんなとこで、もういいだろ――おぉい、飯はできてるかい」

　小磯は台所のほうへ向かって、行儀の悪い声を上げた。

村田に願って最初に勇吉を引き合わせてもらったときから、内心村田があまり快《こころよ》く思っていないことを小磯は感じていた。

しかし、これは小磯の悪い癖なのだが、目の前の探索にのめり込んでしまうと、自分の周囲の人と人との柵《しがらみ》だとか何とか、面倒《めんど》くさい雑事は目に入らなくなってしまうことがある。これが、殺された人物やその周辺の関わり合いだと却って敏感になるのだから始末が悪い。

勇吉とともに、突然額《ひたい》に穴が開いて死んだ者らのことを探っているときもそうだった。それでも、このときは村田に了承を得て勇吉を使っていた格好になっていたから、まだいい。

問題はその後、勇吉が自分で小磯のところを訪ねてきたときの対応だ。

勇吉は、己の縄張り内で小磯に関わりがありそうな件を探り出したためにご注進に及んできたわけではない。小磯が関心を抱いていそうな騒ぎを小耳に挟んで、縄張りの外のことであるにもかかわらず、知らせてくれたのだった。

無理をさせたつもりはないにせよ、小磯はそんな勇吉を使って調べの手伝いをさせた。そのことについて村田にひと言も断りを入れていない以上、町奉行所同心としての「在るべき仕事の進め方」から、はずれているのは明らかだ。

ただしあえて断ろうとしなかったのは、村田に余分な負担を掛けたくなかったからなのではあるが。今小磯が探っているのは、奉行の許しを得ているとはいえ、同僚たちからは面白からず思われている案件だった。

さらに、村田が普段組むことの多い臨時廻りは、小磯のように御用のため外を飛び回っていれば満足な探索馬鹿とは違って、職場大事で「事なかれ」を重んずる男だ。ことさら様子を探ったわけではないものの、「小磯に職分を侵《おか》された」と敵視している隠密廻りの肩を持っているであろうことは明白だった。

加えて、こたび釜之介を養子に取った一件がある。狭い八丁堀の中だから、春香のこともそのうち噂になるはずだった。

すると、今まで感じないほどだった小磯に対する風当たりは、急に強くなるものと思われる。あくどい者も多い岡っ引きの中で、真っ当に仕事をし探索の腕にも見どころのある勇吉を、これ以上巻き込むわけにはいかなかった。

ならば、「請地村へ行くから付き合え」などと言わなければいい。

それを口にしたのは、直接の旦那ではない自分によく尽くしてくれた男を、突き放してそのまま別れることになるのが忍びないという想いがあったことは確かだ。しかしその他に、小磯が勇吉の勘働きを買っており、この男がわざわざ出向いてきたのなら何かありそうだと思ったことも大きかった。

小磯の本質は、やはりどこまでも猟犬だったのである。

「旦那、こんな遅くにお出掛けになって、明日の仕事に障《さわ》りやせんかい」

勇吉が案じて訊いてくる。

「なぁに、おいらぁ明日ぁ非番よ――それより、お前さんのほうだな。おいらを連れてってくれたら、お前さんはそのまんま帰《けえ》っていいぜ」

「いいえ、どうか最後までお供さしておくんなさいやし」

はっきり言われなくとも小磯が何を考えているのかはおおよそ判る。

これが一緒にやる最後の仕事となれば、勇吉のほうも離れがたいようだった。

五

向島の南方中央部、請地村の地に、一本棒のような痩身《そうしん》の浪人者が、一人佇んだ。討魔衆壱の小組の組子、千々岩刑部だ。

周りは一面の田畑。前方を亀有上水が流れ、やや左手で請地古川が交差している。

陽は落ちたもののまださほど遅い刻限ではないにもかかわらず、すでに周囲を歩く人影はなかった。百姓地なればいつもこんなものかもしれないが、あるいは、「ここで人が溺れ死に、宙をたくさんの狐火が舞っていた」という噂が影響しているのかもしれない。

千々岩は着流しの裾《すそ》を風になびかせて、ただうっそりと立っている。その姿は不気味で、もし通りがかりの者が目にしたならば、辻斬りと勘違いしそうなほどの禍々《まがまが》しさを纏っているように見えた。

「顕れたか……」

千々岩が、ぼそりと呟いた。視線は、目の前の亀有上水に架かる橋へ向けている。

橋の下、黒々とした流れがあるはずのところに、ほんのりとした明るみが生じていた。その明るさは明滅することなく、ほんのわずかずつ強くなっていく。

いつの間にか、畑地に立つ人影は千々岩一人から三つに増えていた。ふっくらとした女と、がっしりとした体格の男――お艶と磐角だ。

討魔衆壱の小組が揃うのを待っていたかのように、橋の下から例の明かりが顕れた。滑るように橋の下から姿を現した一つ目に続き、二つ、三つ……。

橋の下から湧き出る明かりは、留まることを知らず数を増していった。

千々岩らは、顔色一つ変えずに明かりが宙を覆っていくのを見ている。

千々岩が、「組頭」とこの場に見えぬ者に呼び掛けた。

「関わりなき者を近づけぬように願おう」

「承知」

闇の中から、無量の声が応ずる。やがて、まるで唸り声のようにしか聞こえない読経が響いてきた。

「一つ一つは大したことがなくとも、数は多い。油断するな」

明かりに対する千々岩の警告へ、ともに立つ二人が応ずる。

「誰に言ってんだい」

「そなたこそ、気を抜くなよ」

お艶が右手を緩めて鞭の束を解き、先を地に垂らした。磐角は、右手一本で立てていた棒を両手に保持して構え直す。二人に遅れて、千々岩も腰の剣を引き抜いた。

前方上空に満ちている明かりの群れが、わずかずつながら三人のほうへ迫ってきたようだった。

南町の小磯と勇吉の二人は、中ノ郷《なかのごう》瓦町《かわらまち》から水戸家《みとけ》下屋敷側へ源森川を渡り、小梅瓦町のほうへ向かっているところだった。このまま亀有上水に突き当たってから川沿いに北へ上っていけば、目的地の請地村へ行き着ける。

小磯は屋敷で着替えた姿のまま、普段着の着流しで勇吉の案内を受けている。横並びから一歩ほど前に出て小磯の足元を照らしながら歩く勇吉が、小磯に問い掛けた。

「でも旦那。明日非番なんでしたら、なんでこんな陽が暮れてから行こうなんてお考えになったんですか」

岡っ引きとして勇吉が本来のお勤めをする昼間を避けるとともに、勇吉に手札を渡している村田に気づかれにくくなるよう、気を遣ってくれたのかと勇吉は考えたようだ。小磯は、自分がそうしたいからだとあっさり答えた。

「だってお前、請地村の一件で一番奇妙ななぁ、妙な狐火が飛んでたってこった《しゃあ》ろう。そしたらお天道《てんと》さんがカンカン照ってるときに行ったって仕方あんめえよ」

「へえ、そうですかい」

勇吉は今ひとつ得心していないようだが、小磯の返答はまんざら嘘でもなかった。

橋のそば、溺死、というところまではごく当たり前の組み合わせだが、ここに狐火だの人魂だのといった妙な明かりが加わった死人の話を、小磯は奉行所内の雑談の中で立て続けに耳にしていた、ということが本当の動機だ。

定町廻りは市中巡回だけで多くのときを取られてしまい、そうそう他人の受け持ちにまで関心を向けていられないということから、見逃されているのだと思われた。もし気づいた町方が他にいたとしても、全て「殺しではなく誤って溺れ死んだ」としていっさい不審を抱かれることなく処理されていたため、ただの偶然の一致としか思われていないのだ。

これに対し臨時廻りは、主に組む定町廻りが決まっているとはいえ、他の定町廻りの助っ人に入ることもあるから、いちおう江戸市中全体に目を配ることになる。さらに今の小磯は、専《もっぱ》ら組む武貞新八郎を半ばおっ放り出してまで——とはいえ必要あれば他の臨時廻りに応援を願うか、それでも足りなさそうなら自分で出張るのだが——奉行に許しを得た探索を中心に置いて動いていた。

ところがそちらは手詰まりになり始めていて、他の廻り方連中よりこのごろは御番所の用部屋で燻《くすぶ》っていることが多かった。他の廻り方の雑談を小耳に挟む機会が多い状況になっていたため、小磯の感覚に触れるものが生じたのだと言えよう。

その後は話すこともなくただ足を進めていた勇吉に、小磯が「おい」と呼び掛けた。その声の鋭さと、声を上げた小磯が急に立ち止まってしまったことに、勇吉は驚く。

小磯は、じっと左手前方の空を見上げていた。

「請地村は、あっちの方角だよな」

へえ、と返事をしながら勇吉も見るが、今日は曇天《どんてん》で星もよく見えない。

「向こうは、ただ田圃や畑が広がってるだけだよな」

「ええ、神社やお寺が連なってるとこはありやすけど」

「でも、笛や太鼓《たいこ》のお囃子《はやし》も聞こえねえってこたぁ、夏祭りをやってるとこはねえ」

「ええ、今日が縁日のとかぁ、確かなかったと思いやす」

「それにしちゃあ、向こうの空が、なんだかちょぃと明るかねえか」

「え？」

「あっちのほうに吉原でもあンなら、煌々《こうこう》と明かりを灯して夜空まで明るく見えるなんてことがあるかもしれねえけどよ」

「それじゃあ……」

——狐火！

口に出さずに心の中で叫んだ。

「急ぐぜ」

ぐんと真剣味を増した小磯の言葉に、勇吉は「へいっ」と意気込んで返事をした。


請地村の空は、まだ日没前かと思うような明るさに満ちていた。ひとつひとつはぼんやりとした淡い光ではあっても、それが幾十幾百と集まったために、周囲の景色がはっきり見えるほどの明るさになっている。

その光に照らされながら、討魔衆壱の小組の三人は、塑像《そぞう》のように動かぬままだった。

明かりの集団が、ヒタヒタと宙を押し寄せてくる。

ある程度まで近づけたとき、千々岩が不意に大声を上げた。

「今！」

明かりの集団の先頭が、空に引かれた見えない線を越えるのを待っていたと言わんばかりに、三人はいっせいに動き出した。

千々岩は、舞を舞うように剣を斬り上げ、斬り下ろす。

お艶は、鞭の先を跳ね上げたかと思うと、一度も地に落とすことなく宙空を走らせ続けた。

磐角は、目一杯引いた棒を鋭く振り出すと素早く引き、また突き出すという動作を繰り返す。

斬られ、打たれ、突かれた明かりはあっさりと消えて姿を消すが、そこに生まれた隙間はすぐに新たな明かりによって埋められた。

壱の小組の三人は、いつ終わるともしれない果てしのない作業を延々と繰り返す。それでも、宙に浮かぶ明かりの数は少しも減っているようには見えなかった。

小磯と勇吉の二人は、請地村へ急ぎ向かっていた。勇吉は、小磯の足元をきちんと照らすよう、かつまた提灯の明かりを消したりせぬように、手許を気にしながらもできうる限り素早く足を動かしていく。

と突然、小磯がまた足を止めた。

「えっ、旦那？」

どうしたんですかい、と訊こうと振り返る。

小磯が、鋭い声を発した。

「勇吉。いってえおいらたちゃあ、どこへ行こうとしてる」

——何をおっしゃってるんで。

そう訊こうとするより早く、小磯が次の言葉を発した。

「周りを見てみねえ」

——周り？

見回して、思わず「あっ」と声を上げた。

亀有上水に行き当たるまでは、周囲には小梅瓦町の町家が建ち並んでいるはずだった。しかし今、己の左手には田畑が広がり、右手には水が流れている。流れの向こうに見える黒々とした建物の影は、おそらく春慶寺《しゅんけいじ》だろう。

「勇吉、ここがどこだか判るか」

小磯が厳しい声で問うてくる。

「へえ、申し訳のねえことですが、どうやら気づかねえうちに亀有上水に架かる橋を越えて、そのまま真っ直ぐ来ちまったようで」

震える声で、己の見当を口にした。

小磯は静かに応える。

「申し訳ながることなんざねえや。橋ぃ渡ったはずなのに、そいつにも気づかなかったなぁ、おいらも一緒だ——どうやらこいつぁ、ホントに狐に化かされてんのかもしんねえな」

「旦那……」

夜間の行動にも十二分に手慣れた小磯と勇吉の二人が、いずれも気づくことなく目的地への道筋から逸《そ》れた。子供でも迷うことがないほど判りやすい道順で、しかも勇吉にすれば、「己の庭」といってもいいような場所でだ。

請地村で千々岩が無量に「関わりなき者の排除」を願い、無量が応じて読経をしている、これがその効果なのかもしれない。

「ともかく、戻ろうか」

小磯の声は、早くもいつもの平静な調子に戻っていた。勇吉に否《いな》のあるはずがない。

「へい」

が、再び足を急がせようとした勇吉を、小磯は制した。

「勇吉、こっからぁ、ゆっくり行くぜ」

「え？」

「急いだって、行き着けねえんじゃ仕方あんめえ。一歩一歩、確かめながらだ。おいらはお前さんに声ぇ掛けながら行くから、お前さんもそうしてくんな」

「……へい」

ゴクリと唾《つば》を呑み込んだ勇吉は、今までとは違った覚悟の決め方をして、次の一歩を踏み出した。

六

請地村では、壱の小組の三人と夜空を埋め尽くすような明かりの闘いが続いている。

千々岩は独り仲間から離れて、一見無造作に剣を振るっていた。しかし、その一閃一閃は着実に自分へ近づいてくる明かりを捕らえ、両断している。

お艶と磐角は、背中こそ付け合ってはいないものの、互いに互いの背後を護りながら得物を振るっていた。お艶の鞭が宙を翔《か》けると、鞭の先が描いた軌跡のとおりに次々と明かりが消えていく。

磐角は、両手で保持した棒が二本にも三本にも見えるような速度で突き上げ、一つずつ着実に明かりを消していった。

それでも、空を覆う明かりはいっこうに数を減らす様子を見せない。

そのとき、新たな声が百姓地に響いた。

「いた！　左手の草叢《くさむら》。一本だけ長く伸びた薄《すすき》のところ」

まだ幼さを残す声は、一亮のものだ。

すると、千々岩よりも背が低く、横幅の広い浪人姿の男がどこからともなく現れ、一亮の示した草叢へと走り寄っていった。弐の小組の壊滅により、天蓋の小組へ組み入れられた米地平だった。

米地平は無造作に草叢の中へ已の刀を突き入れる。

それより一瞬早く、草叢の中から何かが飛び出してきた。それは、小柄な男だった。

男は自分が隠れていた場から逃げだそうとして——なぜか急にその場に留まった。

てしまった。前へ行こうと足掻いているのだが、何かに押さえつけられてでもいるかのように同じ場所で空回りしている。

　そんな男に向かい、一筋の銀光が走った。一直線に闇を貫いた光が男の背中に到達すると、男は一瞬背筋を伸ばすような格好になり、すぐに体中から力が抜けた。

　それでも、男は宙に吊られたように体を立てている。しかしそれも長いことではなく、やがて膝をつき、前のめりに倒れ込んだ。

　倒れた男は、もうピクリとも動かなかった。

〈長臣よ〉

　目覚めたるモノ、すなわち穢王が声にならぬ声を上げたが、その声は、この場にいる討魔衆の誰の耳にも届かなかった。

〈これまでよく仕えてくれた〉

　穢王は、最後まで忠義を尽くしてくれた己の臣下の死を悼《いた》んだ。

「もう一人、橋の袂。陰に隠れてこちら側の岸辺にいる」

　姿を見せない一亮の声が響くと、草叢の男を追い出した後はその草叢の中に隠れていた米地平が再び現れ、橋のほうへと走った。

今度指摘された場所に潜んでいたのも小柄な男だったが、米地平が近づく前に逃げ出した。しかし、やはり途中で、手足は動かすものの先に進めない状態になる。

どこから繰り出しているのか、天蓋の小組の健作が放った糸に絡め取られたのだった。

そして、銀光。同じく天蓋の小組の桔梗が擲《な》げ撃《う》った手裏剣だ。桔梗の手裏剣は狙い過《あやま》たず男の背中に命中し、背骨を砕いた。

芽を摘まれた男から健作が糸を回収すると、相手は先ほどの男と同じように倒れ伏した。

〈若臣よ。そなたら兄弟の仇、この我がきっと討ってみせようぞ〉

穢王は、新たなる決意を声にならぬ声に出して断言した。

評議の座は、こたび向島請地村に討魔衆壱の小組を向かわせるに際し、天蓋の小組の全員をも同行させる決定を下した。

――敵が攻めに使う奇妙な明かりは、全て壱の小組が引き受ける。その間に、おそらくは付近に隠れ潜んで明かりを操っているモノを一亮の能力で暴き出し、残る天蓋の小組の組子で始末をつける。

これが、評議の座の示した意志である。

保有する戦力を、出し惜しみすることなく一気に叩きつける——最も攻撃力の大きい戦法ではあるが、これが失敗してしまえば、もう後はない。しかし、使える手駒を小出しにして戦力を磨り減らせば、その先には自滅の途が待っているだけだった。

評議の座は、一《いち》か八《ばち》かの賭《か》けに打って出たのだ。

知音の不確かな話に基づき、なぜここまでの英断がなされたのか——あるいは、知音が己の推論を述べる中で引き合いに出した何らかの示唆が、決定を行うにあたり皆に強く影響を及ぼした結果なのかもしれない。


「無量、代わろう。そなたは、己のところの組子の援護を」

闇の中で新たに放たれた声は、天蓋のものだ。続いて、天蓋の朗々《ろうろう》とした読経の声が響き渡った。

「父遥見之而語使言不須此人勿強将来……」

天蓋が誦《ず》しているのはやはり以前と同様の『法華経《ほけきょう》』であるが、こたびは

「第四・信解品《しんげほん》」に替えていた。

この「信解品」は、「どのような人であってもいずれは成仏《じょうぶつ》することができる」ということを「父親が一生涯かけて、失踪した息子を本来の道に戻した」という喩《たと》えで示した部分であるが、天蓋は「到達すべき場所へ辿り着くまでに長いときを要する」という寓意《ぐうい》を強調して唱えることで、請地村へ向かってこようとする者の到達を遅らせているのだった。

おそらく、天蓋に代わるまで無量が唱えていたのも、同じ経文だと思われる。

無量の唸るような読経の調子も変わった。こたび無量が口にしているのは、以前、向島百花園《ひやつかえん》で唱えたのと同じ『涅槃経《ねはんきよう》』のようだ。

すると、宙に浮かぶ明かりの動きがガクンと落ちた。先ほど、明かりの一部を操っていたらしい二匹の鬼が芽を摘まれたことによるいささかの数の減少もあり、千々岩ら三人も、ようやくいくらか息を継げるようになった。

しかし、明かりはまだ無数に存在している。

「畜生《ちくしよう》、いつまで」

お艶が、歯を食いしばった。

「ウォオオ」

磐角が吠える。

「耐えよ。耐えねば、我らに先はない」

千々岩は、剣を振るいながら叱咤《しった》の声を上げた。


小磯と勇吉は、慎重に足を進めていた。ときおり小磯が今自分らのいる場所を問い、勇吉が周囲を確かめた上で答える。あるいは勇吉が先に今居るはずの場所を口にして、その場の特徴を挙げたのに対し、小磯は実際の景色と照らし合わせて確認するというやり方をしながら先へと進んだ。

それでも二人は、亀有上水を越えて曲がるべきところを、もう一度やり過ごしてしまっている。

再び折り返し、ようやく曲がるべきところで曲がってからも、二人は絶えず声を掛け合い、己らの右手を水が流れているかどうか確認し合いながら足を進めた。

「旦那……」

勇吉が小磯を呼んだ。つい今し方、小磯の声で確認したばかりだ。

「なんでぇ、水ならちゃあんと、右手に流れてるぜ」

「いや、そうじゃあねえんで——この道ゃあ、いってえいつまで続くんでしょうね」

「いつまでって、請地村に着くまでだろ。村を通り抜ける前に、請地古川に道を遮《さえぎ》られるはずだぜ」

「でも、いくらなんでも、もう着いてていいはずですぜ。こんなに歩いたら、もう綾瀬川に行き当たってたっておかしかねえでさぁ」

小磯が足を止め、勇吉も従う。二人して、周囲を見回した。

前方へ向き直り、小磯が問う。

「前方、上水の向こうに見える寺社、ありゃあ第六天社や正円寺だよな」

「へえ、あっしにもそう見えます」

「その左手、俺らが向かってる先にゃあ、妙に明るいとこがある。それも、間違いねえな」

「へえ、たしかに明るんでまさぁ」

「なら、おいらたちはまだ着いちゃいねえ」

「これだけ歩いても、ですかい」

「着いてねえものは着いてねえんだ——おいらたちゃあ、『橋が架かってるとこだ』っていうだぁれも間違えねえような曲がり角を、ついうっかり通り過ぎちまった。しかも、二度もだ。ここにゃあ、ナンかそうさせるような力が働いてるとしか思えねえ。目指す場所になかなか行き着けねえのもそのせいだろうさ。

おい、勇吉。こいつぁ向こうに行き着くなぁとうてい無理だと思うんなら、お前さん、もう帰っていいぜ。こんだけ妙な成り行きなんだ、そうしたっておいらぁ、怒りゃあしねえし、お前さんが臆病だとも思わねえ。今までの有りようからすると、帰る気にさえなりゃあ、あっさり望みは叶うはずだぁ」

小磯の許しを、勇吉はキッパリと断る。

「いや、旦那がお行きになるなら、あっしゃあお供させていただきやす。なに、この分なら命まで取られるこたぁねえでしょう。だったらどこまで化かしてくれんのか、せいぜい狐の野郎の根性ってヤツを確かめさせてもらおうじゃありませんか」

「へっ、お前さんも大分《でえぶ》臍曲がりだなぁ。こんな妙な目に遭って散々苦労したって、金にも手柄にもなりゃしねえってのは十分判ってるだろうによ」

「旦那。そのお言葉、そっくりそのままお返しさしていただきやすぜ。他の旦那だったら、今ごらぁお屋敷でのんびりご酒でも召し上がって寛《くつろ》いでいなさるか、もう蒲団《ふとん》の中で白河夜船《しらかわよふね》でしょうに」

「互いに、貧乏性だってこったなぁ――なら貧乏性同士、行けるとこまで行ってみようかい」

「へえ、喜んでお供させていただきまさぁ」

二人は、掛け合いをしながらもしっかりと前へ足を踏み出し続けていた。


この場にいて明かりを操っていたと思われる二匹が斃れても、いまだ明かりは数をそれほど減らすことなく、その全てが意志を持ったように宙に浮いている。あるいはこの闘いの中にあって、明かりを生んでいるモノの「操る力」がいまだに増大し続けているのかもしれなかった。

「まだ隠れてるモノがいやがるのか」

棒を操りながら、磐角が呻《うめ》いた。

千々岩が、剣を振るいつつ淡々と応ずる。

「で、あろうな。本来この場におらずとも十分明かりを操れるなれば、こたびは余分なモノを繰り出してくる要はない。それが出てきたとなれば、出さねばならなんだということであろうし、二匹斃してもまだこれだけの数があるということは、他にもどこかに隠れているモノがおるということだ」

　お艶が悲鳴のような声を上げる。

「二匹斃してまだこれだけ数があるってことは、あと何匹いることになんだい」

　千々岩は冷静に返した。

「少なくとも、あと一匹」

「一匹ぃ？　――なんで、『そんな少ねえかも』なんて言える」

　磐角が怒鳴り声を張り上げた。

「二匹あっさり見つけた小僧が、残りを見つけられずに困っておるところからすると、先に斃した二匹とは格の違うモノなのであろう。なれば、一匹で先の二匹より多くの明かりを操れたとて、不思議ではあるまい」

「こたびの一連の芽吹きの、親玉だってことかい」

　お艶の問いも叩きつけるような声になっていた。

「ああ、そうかもしれぬ」

　――そうであってくれねば、我らはここで滅びる。そして、たとえそうであったとしても、小僧が居所を見つけ出さねば、やはり我らが行き着く先は同じ。

　心に浮かべた続きの言葉を、千々岩は口にしなかった。

「畜生、一亮とかいう餓鬼よぉ、何とかしやがれっ」

磐角が、夜空へ向かって咆哮《ほうこう》した。

七

何とかしなければならないのは、一亮自身が一番よく判っていた。しかし、芽吹いたモノの気配は確かにするものの、それがどこにいるかは判然としない。隠れているところから身を乗り出そうとして、己のすぐそばにいる桔梗に肩を摑まれた。見上げると、桔梗の隣にいる健作がこちらを見て、静かに首を振る。

——落ち着け。おまえさんがやられちまったら、俺らはみんな終わりだ。

目で、そう語り掛けてきていた。

一亮は、大きく息を吐いた。新たな目で、周囲一帯を見渡す——しかし、やはり芽吹いたモノがどこにいるのかは摑めない。

今自分が潜んでいる場所にいるのは、自分と桔梗、健作、それに壱の小組の小頭の無量だった。天蓋は、発声しながら読経するために、四人とは別の場所にいる。

奇妙な明かりを一手に引き受けていた壱の小組の組子三人も、さすがに疲労が見え始めていた。お艶は肩で息をしており、磐角の突く棒は以前よりあきらかに速度が落ちている。千々岩ですら、剣を振るう足元がわずかに乱れ始めていた。

「畜生、こいつら、さっきより硬くなってないかい」

鞭を打ち当てて明かりを一つ消したお艶が仲間に言った。

「ああ、何もねえとこを突いてるようだったのが、確かに手応えが出てきやがった――千々岩よ、この分だと、そのうちにこっちの攻めが弾かれるほどの硬さになんぜ」

「そうなるまでに、できるだけ消しておくしかあるまい」

声だけは冷静に、千々岩が応える。

「でも、少しも減らないじゃないか！」

お艶の上げた悲鳴は、大袈裟ではなかった。

二匹のモノが斃れたときにわずかに減った後は、明かりの数はほとんど変わっていないようだ。だとすれば、三人が消した分だけ、新たな明かりが生じているということだった。

おそらくはこれが、いまだこの場に潜んでいるモノが操れる最大数なのだろう。

そして、今やこの奇妙な明かりに襲われているのは、壱の小組の三人だけではなかった。身を曝して二匹のモノを闇から焙《あぶ》り出《だ》した米地平にも、明かりの一部が向かっていったのだ。

「わわっ」

米地平は、慌てて手の刀を振るう。三つのうち二つを切り裂いて消し、一つを斬り損ねた。生き残った明かりは、まっしぐらに米地平を襲う——今にも当たりそうになったところで、フッと消えた。

「危ねえ、俺に当たるとこだったじゃねえか」

米地平が喚《わめ》いた。危難を見かねた桔梗が手裏剣を投じて米地平を救ったのだが、明かりを貫いたその手裏剣が、米地平の顔も掠めたために上げられた怒声だった。

「なら、勝手に明かりにぶつかられるがいいさ」

闇に潜んだまま、桔梗が小声で吐き捨てた。もともと米地平に好感を抱いてはいないが、その相手に罵《ののし》られた反発が口から出たというよりは、あんな男を思わず救けてしまったという、自分に対する戸惑いから生じた怒りによる言葉のよ

いる。

以後も、米地平は数少ない明かりから逃げ回りながら、危うく難を逃れ続けている。

「畜生、だからこんな役回りは嫌だって言ったのによう」

己の振るう刀で明かりを消しながら、米地平が泣き言を漏らした。

じっと見ていた健作が舌打ちする。

「桔梗、手裏剣を二本貸してくれ」

「何するつもりだい」

健作は、逃げ回る米地平から視線をはずさずに答える。

「見ちゃいられねえ」

「だから、いったい何に使うのさ」

ようやく、視線が桔梗に向いた。

「いいから、早く」

ようやく向けてきた顔の真剣さに、桔梗は手裏剣を二本出してみせる。

「ありがとうよ」

そういうと、健作は皆で潜んでいる場から駆け出していった。手を伸ばしたよ
うにも聞こえた。

えていた。

うには見えなかったのに、桔梗の手からは差し出された手裏剣がいつの間にか消
「ひーっ」

米地平が、討魔衆の一員とは思えぬほどに情けない悲鳴を上げながら刀を振るう。真正面から迫ってきた明かりが斬られて消える。

そのまま駆け出した米地平の背中に、別の明かりが襲いかかる——と、飛来した手裏剣が、その明かりを斬り裂いた。

明かりを粉砕した手裏剣は、そのまま飛んでいかずにもと来た方向へ戻されていった。

その手裏剣を手許へ引き寄せたのは、健作だ。健作は桔梗が差し出した手裏剣を己の得物の糸で絡《から》め取り、米地平を襲った明かりにぶつけたのだった。

桔梗が芽吹きたるモノに撃つ手裏剣は鬼を封ずるだけの気迫が籠《こ》められるが、健作が糸の先に括《くく》り付けて操るのではそこまでの威力はない。しかしそれでも、壱の小組の三人が言うように「まだ十分硬くはない」明かり相手ならば、消滅させるだけの力はあるようだった。

ゆっくりと現れた健作は、手裏剣を直接手にせず、下げた両手に垂らした糸の先に絡めて保持している。

「なんで出てきた」

米地平が健作に悪態をついた。健作も負けてはいない。

「あんまりみっともなくて、とっても見ちゃいられねえからよ」

「へっ、俺だけに危ない思いさせといて、今さら出てきて恩に着せるつもりか」

「危ねえとこを、こうやって救けてやってんだろ」

言いながら糸を操り、健作は近づいてきた明かり二つを消し去った。

「手前らはお気楽に陰に隠れてて、偉そうなことをほざくんじゃねえ。あんまり後ろめてえから、そうやってノコノコと出てきやがっただけだろうがよ」

米地平も、刀を振るいながら非難はやめない。健作が苦笑した。

「弐の小組じゃあ、ずっと危ないお役目を避けてきたお前さんに、言われるこっちゃねえと思うが。偶《たま》にゃあこうやって、手前から矢面《やおもて》に立ってみな」

「桔梗みてえな小娘に一番危ねえことをやらせてきたお前さんに、俺もそんなことを言われたかねえな」

「なら、卑怯者《ひきょうもん》同士、肚ぁ括って表立って闘ってみようじゃねえか。なぁ？」

米地平は地面に唾《つば》を吐いて共闘など糞《くそ》喰らえという態度を示したが、己の命が懸かっているとなれば、剣を振るうことはやめられない。好むと好まざるとに関わらず、自然と二人連携して闘う格好になっていた。

が、壱の小組と較《くら》べれば二人の闘いぶりには稚拙《ちせつ》さが残る。米地平が明かりの一つを斬り損ない、健作もその失策を補《おぎな》いきれなかった。

刀の軌道をすり抜けた明かりが、そのまま米地平の体にぶちあたった。

「ゲッ」

米地平は、明かりごと亀有上水の中に飛ばされる。大きな水音が上がった。

「米地平！」

一瞬、健作の注意が飛ばされた仲間のほうへ逸れる。そこへ、二つの明かりが迫った。

意識を元へ戻したときにはすでに遅かったが、桔梗の投じた手裏剣が急場を救ってくれた。しかし、その桔梗の手裏剣にも、数には限りがあるのだ。

「刑部の旦那」

米地平が流れに叩き込まれてしまったことについて、お艶が千々岩に注意を促した。

千々岩は、ほんのわずかに視線を送っただけだった。

「判っておる。が、今は救ける余裕などない。己の身を守ることだけに専念せよ」

冷徹に言い放った。

米地平に健作まで加わったことで、明かりのいくつかがそちらへ流れ、自分らの負担がほんのわずかだが確実に減っていた。しかし、それでもこれまでの疲労が蓄積しており、破綻《はたん》までのときはわずかに先へ延びたに過ぎない。

健作があえて身を曝した本当の意図が、自分ら壱の小組の負担を減らすためだろうとは思っても、他へ回す余力はなかった。

「畜生、畜生、畜生」

磐角は、悪態をつくことでなんとか棒を振るう気力を絞り出していた。

一亮は、焦燥《しょうそう》に身を焦《こ》がしていた。芽吹いたモノの気配は確かにするのに、どこにいるのかが全く摑めずにいる。

――どこだ、どこだ、どこだ……。

夜の闇の中を眺め渡しても、全く判らない。

気を落ち着けようと大きく息をする。

もう一度、闇の中を見渡した。

それでも判らない。芽吹いたモノではない、もう一つの気配が気になって、注意力を殺いでいた。

――もう一つの、この気配……。

やはり、位置は判らない。おそらくは、芽吹いたモノのそばにいるのだろう。

――ならば。

一亮は、自分が潜んでいた場から踏み出した。奇妙な明かりが照らす場へ身を曝す。

桔梗は一瞬、一亮を止めるのが遅れた。先に外へ出て闘い始めた健作に、気を取られていたからだった。

「早雪っ」

一亮は、己に出せるだけの声を力一杯張り上げた。

「早雪っ、どこだ。どこにいる?」

〈あれは……〉

穢王が、表に出てきた一亮の姿を視認した。

〈あれは、あれこそは我が妹と子らの仇！〉

遅ればせながら、桔梗が一亮を連れ戻そうと足を踏み出しかける。その腕を、無量が取って制止した。

経を唱え続ける無量は何も言わないが、その目が「今さら連れ戻そうとしても無駄だ」と語っていた。勝ち気な桔梗も、威圧を湛《たた》えた無量の非情な視線に、どうしても逆らうことができなかった。

「早雪っ」

一亮は、空を覆う明かりのことなど気にならぬ様子で足を進める。その一亮へ、無視されたことを憤《いきどお》るかのように明かりが寄っていった。

〈そなたこそ、我らが眷属全てにとっての不倶戴天《ふぐたいてん》の敵〉

「早雪っ」

それでも、一亮は恐れ気もなく声高《こわだか》に早雪の名を呼び続ける。

明かりは、一亮の周囲を取り巻こうとしていた。

それまで一亮が身を隠していた暗がりで、桔梗が手裏剣を投擲《とうてき》せんと顔の横に翳《かざ》す。

しかしその手は、再び無量によって押さえられた。

「無駄じゃ。そなたが何本撃ったとて、あの明かり全ては除けぬ」

どのようにしてか、声にならぬ読経を続けながら、無量は桔梗に言った。

ふと、一亮が視線を落とした。右手を懐に突っ込むと、何かを取り出す。それは、一亮が亡き於蝶太夫からもらった土笛だった。

自分に迫る明かりには関心を示さず、一亮は土笛を口に持っていった。

ポウポウポウ、ポウポウポウポウ。

素朴な音が、明かりに照らされた薄闇に広がる。奇妙な明かりの群れは、土笛の音に引き寄せられるように、一亮を目指す速度を上げた。

ポウポウポウ、ポウポウポウポウ。

明かりと闘っていた壱の小組の面々が、対処の手を緩める。己らに向かってきていた明かりの一部までが、今は一亮のほうへ引き寄せられていた。

状況は、健作にとっても一緒だった。

「一亮っ」

すでに明かりが密集する壁に阻《はば》まれて、一亮の姿は健作からほとんど見えなくなっていた。

「！」

そのとき、異様な感覚がその場にいた全ての者を襲った。

――こいつぁ……。

天蓋の小組の面々にとっては、すでに過去に二度経験した憶えのある感覚であった。

ポウポウポウ、ポウポウポウ。

オゥオゥオゥ、オゥオゥオゥ。

ポウポウポウ、ポウポウポウ。

オゥオゥオゥ、オゥオゥオゥ。

土笛の音の反響だけが、重複《ちょうふく》されて二重に鳴り響いた。

――早雪！

早雪が一亮に反応している！　それは、天蓋の小組の全員にとって、初めて生じた一筋の光明だった。

しかし、同じ感覚を穢王も感じ取っていた。

〈早雪。そなたは、すでに我が手中にある。あのような小僧に、惑わされてはならぬ〉

ポウポウポウ、ポウポウポウ。

オウオウオウ、オウオウオウ。

しかし、一亮の土笛に対する二重の反響はやまない。

こたびの反響はまだ明かりに対して何の作用も及ぼしてはいないようだ。これは、早雪が穢王の影響下にあるままだからだろうか……。

たとえそうではあっても、穢王にとって看過《かんか》できる状況ではなくなっていた。

〈なれば、こうしてくれよう〉

穢王は、己が操り得る限りの明かりを出現させ、全てを一亮へ向けた。

今や明かりは一亮を何重にも取り囲み、その内側に閉じ込めようとしている。

ポウポウポウ、ポウポ……。

ついに、土笛の音が途絶えた。

「一亮っ」

健作ばかりではなく、桔梗までが堪らずに叫んでいた。

〈やった。これで――〉

勝利の凱歌《がいか》を上げようとした穢王の声なき声は、途中で途切れる。

オウオウオウ、オウオウオウ。

オウオウオウ、オウオウオウオウ。

一亮の土笛が聞こえなくなっても、早雪の起こす残響だけは続いていた。

〈早雪。早雪、早雪！〉

オウオウオウ、オウオウオウ。

オウオウオウ、オウオウオウ。

早雪の残響はやまない。

さらに早雪の意識を自分のほうへ向けさせるべく努めようとした穢王は、己の周囲の変化にようやく気づいた。

穢王は、今や己を狙う討魔衆に囲まれていた。

八

一亮の周囲に全てが集められた明かりは、一亮をその中に取り込んで、これまでよりずっと強い光を放っていた。中にいる一亮がどうなったかは判らない。

しかし、宙を埋め尽くしていた明かりがただ一カ所に集まったことにより、新たに出現する明かりの出所がはっきりした。明かりは宙に浮かぶ瞬間、己を産みだしたモノの影をはっきりと映し出したのだ。

討魔衆壱の小組の組子たちにとっては、それで十分だった。

存在を明らかにした穢王は、己を取り囲む三人をぐるりと見渡した。

〈討魔衆……〉

今度の声ならぬ声は、穢王を取り囲んだ全員に聞こえた。

「そう、そなたの芽を摘む者よ」

千々岩が、穢王の呟きに応える。穢王が言った。

〈我を斃したとて、芽吹くモノは絶えぬぞ〉

「ならば、芽吹く限りを摘んでいくまで」

穢王は、フッと笑った。

〈それでは、間に合うまい〉

初めて、千々岩の表情に変化が生ずる。

「間に合わぬだと?」

〈すでに、ときは動き出した〉

「ならば、我らが手で止めてみせよう」

〈愚かな。ゆえに、そなたらこそが、そなたら自身を滅ぼすモノを

生み出すのだ〉

「どういう意味か」

〈聞いても無駄よ。今さら、止められはせぬ〉

「ならば、我らの手で摘まれよ」

千々岩は、手の刀を無造作に突き出した。同時にお艶の鞭が唸り、磐角の棒が穢王の体を貫く。

穢王は、わずかの抵抗を示すこともなく、されるがままになった。三人がそれぞれの得物を引くと、穢王は地に倒れ伏した。

〈討魔衆……〉

穢王は、己を取り囲んだ三人の討魔衆を見渡した。体の内側で燃え上がった怒りにより、「このような下賤《げせん》な者どもなど一撃で薙《な》ぎ払わん」という衝動が突き上げる。

が、そんな浅ましい考えは一瞬で消え去った。王を名乗る身であるからには、己の企図《きと》が挫《くじ》かれた以上、待ち受ける定めは潔《いさぎよ》く受け入れるべきだと思い直したのだ。

この場より生き延びて再起を図れたならば、また別だったかもしれない。しかし今の己に、そこまでの力は残っていない。

――いずれにせよ、我が命はここまで。

それが判っているからには、無駄な足掻きは王に似つかわしくない。

――我が身には、この場を脱するだけの力が残っておらぬ？

穢王にすれば、本来あり得ないことだった。ではなぜ、今の己にはその程度の力すら残っていないのか……。

――我が本来の力を、無限に増幅させようとした結果か。

さほどの力を得させた者のことへ、思考を向ける。

――今後、討魔を名乗る者らと対峙する同胞《どうほう》のために、除いておくべきか。

一瞬そう考えたが、実際に手を下すという判断には至らなかった。それは見苦しい足掻きに過ぎないし、なにより王たる身が、たとえ敵であっても自分のために働いた者を害するなどということが、あってはならないと思えたからだ。

――それに、我が手を汚す要もない。

討魔衆が取り戻した後の、娘の運命が見通せていた。

「そう、そなたの芽を摘む者よ」

目の前に立つ浪人姿の男が、穢王の呟きに応じてきた。

男を見る穢王に、もはや怒りはない。

――哀れな……。

覚えた感情は、ただそれだけであった。己と対等ではない下賤の者へ、憐憫《れんびん》以外の感情を抱くことなど、本来あり得はしない。

〈我を斃したとて、芽吹くモノは絶えぬぞ〉

そう言ってやったのは、命乞いをせんとしたためではない。連中を待つ定めが痛ましく、徒労をやめよと忠告するつもりであった。

しかし、穢王の思いやりは、やはり下賤の者らの心には届かなかった。

穢王にしても、討魔を名乗る者らを待つ定めを、はっきりと教えてやるほどの親切心は持っていない――いや、せめて逃れられぬ定めに直面するまでのときを延ばしてやろうと、情けを掛けたということか……。

穢王は己の身を斬られ、締められ、貫かれたときも、そのような手の出し方をする以外に能のない者らへの、哀れみを覚えただけだった。

話をしている間も穢王から生まれていた明かりの出現が、完全に止まった。すでにこの世にある明かりも、光を失っていく。

それは、一亮を取り囲んで大きな球体となっていた明かりの塊《かたまり》も同じだった。光を完全に失った後には、明かりはそこに存在したという痕跡を何ら残さない。

眩《まぶ》しいほどに輝く球体があった場所には、少年が一人立っているだけだった。こたびの早雪の共鳴は、明かりに対して何の作用も及ぼしてはいないように見えていた。しかし実際には、一亮の周りへ密集させることにより穢王が操っているはずの明かりを逆手に取る形で、穢王が倒れる最後のときまでずっと、一亮の身を守らせていたということになるのかもしれない。

「一亮っ」

「一亮！」

健作と桔梗が駆け寄っていく。

亀有上水の流れの中から、大きな水音を立てて飛び出してきた者があった。それは、己に突き当たってきた明かりによって水中に沈められた米地平だった。

大きく息を吸い込んだ米地平は、咳《せ》き込んだ末に大量の水を吐き出した。

壱の小組の三人は、いまだ己らが穢王を斃した場所から動かなかった。そこには、いつの間にか新たな人影が生じていた。

横たわった穢王のそばに立ってじっと千々岩を見上げているのは、早雪だった。

壱の小組の組子三人の後ろには、無量が近づいてきていた。

「評議の座の決定を実行せよ。それで、こたびの仕事は終わりだ」

千々岩が、右手に提げていた抜き身を握り直した。

早雪は無言のまま、表情も変えずに千々岩を見上げている。

千々岩が刀を持ち上げようとしたとき、早雪の隣に寄り添った者がいた。壱の小組の組子三人は、己らに気配も悟らせずにそのようなことをする者がいたことへ愕然《がくぜん》とする。

早雪に寄り添うように立ったのは、一亮だった。

「小僧、どけ」

千々岩が、乾いた声を出した。

一亮は無言で首を振る。

「一緒に斬られたいか」

千々岩を見上げた一亮は、怯えを感じさせぬ声で「どうぞ」と言った。

「……小僧、なぜに死に急ぐ」

「早雪と一緒だから。早雪が死なねばならぬなら、吾も同じです」

「？」

「吾は、奉公していた先で、芽吹いた主夫婦に殺されかけました。吾に仕事を教えてくれた番頭さんや手代さん、吾と親しくしてくれた丁稚《でっち》仲間も、皆主夫婦に包丁《ほうちょう》で滅多《めった》刺《ざ》しにされ、殺されました。

世話になった人や親しい仲間を殺され、吾は主夫婦を憎いと思いました。でも、主夫婦が使った包丁が憎いとは、これまで一度も思ったことはありません」

「………」

「でも、もし吾も刺された上で生き残っていたなら、あるいはみんなを刺した包丁も憎いと思っていたのかもしれません。だから、『助けてくれ』とは言いません。

早雪が包丁なら、吾も包丁です。早雪が殺されねばならぬのであれば、吾もおんなじです」

一亮の言葉を聞いていた早雪の目から、一筋の涙が流れた。穢王に拐かされたときも、千々岩の刃が閃《ひらめ》かんとしたときにも流れなかった涙が、今は次々と溢《あふ》れ出ようとしていた。

これまで、早雪はずっと独りだった。天蓋らに救い出され、一亮の親切を受け桔梗に親しくしてもらっても、いつまでもそれは変わらなかった。

――自分と同じ人は、どこにもいない。

その想いが、早雪の心の中にいつも在り続けたからだ。

しかし一亮は、自分が早雪と同じだと言ってくれた。一亮の言葉が本当かどうかは判らない。でも、そんなことはどうでもいい。

自分は独りではないと、初めて思わせてくれる人がそばにいるのを知った、ただそれだけで十分だった。

じっと一亮を見ていた千々岩は、抜き身を手にしたままくるりと背を向けた。

無量に「組頭」と呼び掛ける。

「我が命を救うた恩人を斬る刀は持たぬ――始末するならば、組頭の手でやってもらいたい」

その場を去ろうと、足を進め始めた。お艶と磐角の二人も、無言で千々岩に続いた。

評議の座の決定という言葉に縛られ、何もできぬまま固唾《かたず》を呑んでいた桔梗と健作は、一瞬安堵したものの、最後にどう決断するのかと無量を見た。

請地村を目指しながらいっこうに辿り着けなかった小磯と勇吉は、なぜか突然道がはかどり始めたことに気づいた。どういうことかと訝《いぶか》っているのすらときの無駄とばかりに、足を急がせる。

すると、ようやく自分らの脇を流れる亀有上水と請地古川が交差する辺りに近づいた。

「旦那!」

勇吉が警戒の声を上げる。小磯は「ああ」と短く応じた。

空を明るませていた明かりの様子が変わっていた。今はどこか一点だけに光が集まっているようだ。

「!」

道から河原を見下ろして、二人は息を呑んだ。河原の真ん中に、人の背丈ほどもある大きな光の塊が見えたのだ。

その場へ向かおうとした勇吉を、小磯が腕を上げて制した。小磯は、そこで何が起こっているのか、しばらく様子を窺《うかが》うことにしたようだった。

光の塊のそばでは、三人の男女が一人の男を囲んで殺す様子が見えた。それでも、小磯も勇吉も動かなかった――実際のところ動けなかった――のは、殺された男の様子がいかにも妙だったからだ。

男の体のどこからか、人魂のような明かりが生じて宙に浮かんでいくのだ。

男は、斬られ、突かれ、首に縄を巻かれ絞められて、倒れた。倒れた後は、当然のことながらピクリとも動かない。そのときになって、ようやく男の体から明かりの生ずるのが止まった。

すると、皓々《こうこう》と光っていた大きな塊までが、明るさを急激に失っていった。そこには、一人の少年が立っているだけになった。

倒れた男のそばには、いつの間にか小さな女の子が立っている。その女の子に向かい、男を殺した三人のうち刀を持っている浪人者が、害をなそうという仕草を見せた。

「行くぜ」

このときになって、小磯はようやく動き出した。何が起こっているのかは知らないが、いたいけな子供を殺させるわけにはいかない。

勇吉も、黙って小磯の後についてきている。

女の子を救けたい思いで気は急《せ》くが、斜面を降りるためには暗い足元へいったん視線を落とさざるを得ない。やむを得なければ、行き着く前に先に声を掛けるつもりで視線を前方へ戻すと、光の塊から出てきたように見えた少年が、殺されそうになっている少女を庇っている姿が見えた。

――いけねえ。

今度こそ声を掛けようとしたとき、刀を振り上げんとしているように見えた浪人が、くるりと背を向けて立ち去り始めた。仲間の二人も、浪人と行動を共にする。

一緒に斜面を降りながら、勇吉が「旦那」と囁《ささや》きかけてきた。このままでは、人を殺した三人が逃げてしまいそうだったからだ。

「手が足らねえ。あいつらは剣呑《けんのん》だ。今は、残った者から話を聞けりゃあいいことにしよう」

己の力のほどはわきまえている。勇吉も頼りになるとはいえ、あの三人相手に抵抗されたら物の数ではなかろう。年の功《こう》で、そう冷静に判断した。

残された少年と少女に、僧侶が歩み寄っていく。その顔が、こちらを向いた。釣られたように、少年も小磯たちのほうを見る。

「！」

一瞬、小磯の足が止まりそうになった。その少年は、小磯がずっと探し求めていた相手——向島百花園で三人の死人が出たとき、一瞬だけ目が合ってすぐに消えた子供だった。

僧侶のほうは、あのとき少年と一緒だった者とは体格からして違っているようだ。

その僧侶が、こちら向きのまま僧服の右の袂を振るった。

すると、まだ斜面を下っていた小磯たちの足元がグラリと揺れた。

「わわっ」

勇吉は立っていられなくて尻餅をつく。小磯も、転ぶのはなんとか避けたがしゃがみ込んでしまった。

足元から視線を上げると——もう、目の前には倒れた男以外、誰もいなくなっていた。己の周囲を見回してみるが、何の変化もない。

すると、今まで何も聞こえてはいなかったのに、急に蛙《かえる》や虫のやかましいほどの鳴き声が、ウワンと唸りを上げて耳に飛び込んできた。この季節、聞こえて当然の騒音だ。

――それが、なんで今まで聞こえなかった。いや、なんで聞こえてこねえことに、おいらは今まで気づいてなかった……。

「だ、旦那ぁ」

同じ異変を感じている勇吉が呼び掛けてきた。

「まぁだ化かされてるみてえだな。ともかく降りて、あそこへ行ってみるぜ」

小磯の落ち着いた指図に、勇吉もようやく気を取り直した。

自分らに気づいて近づいてくる者がいたようだが、無量の法力《ほうりき》で、一亮らは全員その場から脱することができた。

その際、千々岩の残した言葉が一亮の耳にいつまでも残っていた。

「その娘の手、二度と離すなよ。離したところで行き合えば、俺は容赦《ようしゃ》なくその娘を斬る」

嘘や冗談とは思えない言い方だった。


(『討魔戦記』天保篇第一部・完)

穢王 討魔戦記

一〇〇字書評

切り取り線

購買動機（新聞、雑誌名を記入するか、あるいは○をつけてください）	
□（　　　　　　　　　　）の広告を見て	
□（　　　　　　　　　　）の書評を見て	
□ 知人のすすめで	□ タイトルに惹かれて
□ カバーが良かったから	□ 内容が面白そうだから
□ 好きな作家だから	□ 好きな分野の本だから

・最近、最も感銘を受けた作品名をお書き下さい

・あなたのお好きな作家名をお書き下さい

・その他、ご要望がありましたらお書き下さい

住所	〒				
氏名		職業		年齢	
Eメール	※携帯には配信できません		新刊情報等のメール配信を 希望する・しない		

この本の感想を、編集部までお寄せいただけたらありがたく存じます。今後の企画の参考にさせていただきます。Eメールでも結構です。

いただいた「一〇〇字書評」は、新聞・雑誌等に紹介させていただくことがあります。その場合はお礼として特製図書カードを差し上げます。

前ページの原稿用紙に書評をお書きの上、切り取り、左記までお送り下さい。宛先の住所は不要です。

なお、ご記入いただいたお名前、ご住所等は、書評紹介の事前了解、謝礼のお届けのためだけに利用し、そのほかの目的のために利用することはありません。

〒一〇一 - 八七〇一
祥伝社文庫編集長　坂口芳和
電話　〇三（三二六五）二〇八〇

祥伝社ホームページの「ブックレビュー」からも、書き込めます。

http://www.shodensha.co.jp/bookreview/

祥伝社文庫

穢王《えおう》　討魔戦記《とうませんき》

平成30年8月20日　初版第1刷発行

著　者　芝村涼也《しばむらりようや》

発行者　辻　浩明

発行所　祥伝社《しようでんしや》
東京都千代田区神田神保町3-3
〒101-8701
電話　03（3265）2081（販売部）
電話　03（3265）2080（編集部）
電話　03（3265）3622（業務部）
http://www.shodensha.co.jp/

印刷所　萩原印刷
製本所　ナショナル製本
カバーフォーマットデザイン　中原達治

Printed in Japan ©2018, Ryouya Shibamura ISBN978-4-396-34447-4 C0193

祥伝社文庫の好評既刊

門田泰明
半斬《はんざん》ノ蝶《ちょう》 上 浮世絵宗次日月抄
面妖な大名風集団との遭遇、それが凶事の幕開けだった——。忍び寄る黒衣の剣客！ 宗次、かつてない危機に！

門田泰明
半斬ノ蝶 下 浮世絵宗次日月抄
怒濤の如き激情剣法対華麗なる揚真流《ようしんりゅう》最高奥義！ 壮絶な終幕、そして悲しき別離……。最興奮の衝撃!!

門田泰明
皇帝の剣 上 浮世絵宗次日月抄
絢爛《けんらん》たる都で相次ぐ戦慄の事態！ 悲運の大帝、重大なる秘命、強大な公家剣客集団——宗次の撃滅剣が閃《ひらめ》く！

門田泰明
皇帝の剣 下 浮世絵宗次日月抄
太平の世を乱さんとする陰謀。闇で蠢《うごめ》く幕府最高権力者——京に最大の危機!! 書下ろし「悠《ゆう》と宗次の初恋旅」収録。

門田泰明
命賭《いのちか》け候《そうろう》 特別改訂版 浮世絵宗次日月抄
華麗な剣の舞、壮絶な男の激突。天下一の浮世絵師、哀しくも切ない出生の秘密!? 書下ろし「くノ一母情」収録。

門田泰明
汝《きみ》よさらば 一 浮世絵宗次日月抄
「宗次を殺る……必ず」憎しみが研ぐ激憤の剣。刃風唸り、急迫する打倒宗次の闇刺客！ 宗次の剣が修羅を討つ。

祥伝社文庫の好評既刊

野口　卓

軍鶏《しゃも》侍

闘鶏の美しさに魅入られた隠居剣士が、藩の政争に巻き込まれる。流麗な筆致で武士の哀切を描く。

野口　卓

獺祭《だっさい》　軍鶏侍②

細谷正充《ほそやまさみつ》氏、驚嘆！　侍として峻烈に生き、剣の師として弟子たちの成長に悩み、温かく見守る姿を描いた傑作。

野口　卓

猫の椀

「短編作家・野口卓の腕前もまた、嬉しくなるほど極上なのだ」――縄田一男氏賞賛。江戸の人々を温かく描く短編集。

野口　卓

飛翔　軍鶏侍③

小梛治宣《おなぎはるのぶ》氏、感嘆！　冒頭から読み心地抜群。師と弟子が互いに成長していく成長譚としての味わい深さ。

野口　卓

水を出る　軍鶏侍④

源太夫の導く道は、剣のみにあらず。強くなれ――弟子、息子、苦悩するものに寄り添う軍鶏侍。

野口　卓

ふたたびの園瀬　軍鶏侍⑤

軍鶏侍の一番弟子が、江戸の娘に恋をした。美しい風景の故郷に一緒に帰ることを夢見るふたりの運命は――。

〈祥伝社文庫　今月の新刊〉

大崎善生
ロストデイズ
恋愛、結婚、出産――夫と妻にとって幸せの頂とは？　見失った絆を探す至高の恋愛小説。

数多久遠
深淵の覇者　新鋭潜水艦こくりゅう「尖閣《せんかく》」出撃
最先端技術と知謀を駆使した沈黙の戦い――史上最速の潜水艦vs.姿を消す新鋭潜水艦！

南　英男
邪悪領域　新宿署特別強行犯係
死体に秘められた麻薬の闇。猟奇殺人の悪意と狂気に、はみだし刑事たちが立ち向かう！

滝田務雄
捕獲屋カメレオンの事件簿
元刑事と若き女社長。凸凹コンビが人間の心の奥底に光を当てるヒューマン・ミステリー。

芝村凉也
穢王《えおう》　討魔戦記
魔を統べる〝王〟が目醒める！　江戸にはびこる怪異との激闘はいよいよ終局へ――

今村翔吾
夢《ゆめ》胡蝶《こちょう》　羽州ぼろ鳶《とび》組
業火の中で花魁と交わした約束――。吉原で頻発する火付けに、ぼろ鳶組が挑む！

風野真知雄
密室　本能寺の変
本能寺を包囲するも、すでに信長は殺されていた――光秀による犯人捜しが始まった！

辻堂　魁
銀花《ぎんか》　風の市兵衛　弐
政争に巻き込まれた市兵衛、北へ――。待ち構えていた暗殺集団が市兵衛に襲いかかる！

吉田雄亮
未練辻　新・深川鞘番所
どうしても助けたい人がいる――血も涙もない悪行に深川鞘番所の面々が立ちはだかる！